北欧神话

〈增订本〉

茅盾 著

青少年
美育丛书

人民文学出版社

图书在版编目(CIP)数据

北欧神话/茅盾著.—增订本.—北京:人民文学出版社,2022
(青少年美育丛书)
ISBN 978-7-02-017210-8

Ⅰ.①北… Ⅱ.①茅… Ⅲ.①神话—作品集—北欧 Ⅳ.①I530.73

中国版本图书馆 CIP 数据核字(2022)第 092683 号

责任编辑	刘　伟
装帧设计	黄云香
责任印制	任　祎

出版发行	人民文学出版社
社　　址	北京市朝内大街 166 号
邮政编码	100705
印　　刷	三河市宏盛印务有限公司
经　　销	全国新华书店等
字　　数	128 千字
开　　本	890 毫米×1290 毫米　1/32
印　　张	7.5　插页 3
印　　数	1—6000
版　　次	2022 年 7 月北京第 1 版
印　　次	2022 年 7 月第 1 次印刷
书　　号	978-7-02-017210-8
定　　价	39.00 元

如有印装质量问题,请与本社图书销售中心调换。电话:010-65233595

目 录

北欧神话

例言	3
第一章　绪　言	5
第二章　天地创造的神话	11
第三章　众神之王奥定	22
第四章　众神之后佛利茄	30
第五章　雷神荍耳	36
第六章　勇敢及战争之神体尔	50
第七章　诗歌及音乐之神勃腊琪	54
第八章　春之女神伊童	58
第九章　夏与冬之神	62
第十章　光明神及黑暗神	68
第十一章　稼穑之神佛利	77

第十二章	森林之神尾达尔	81
第十三章	海洋诸神	83
第十四章	美及恋爱之神佛利夏	86
第十五章	真理与正义之神福尔塞底	90
第十六章	命运女神	93
第十七章	火神或恶神洛克	98
第十八章	神之使者与守望者	107
第十九章	战阵女郎凡尔凯尔们	111
第二十章	冥世的神话及死神赫尔	114
第二十一章	巨人族	117
第二十二章	神之劫难	120
第二十三章	喜古尔特传说	129

附录

喜芙的金黄头发	161
菽耳的冒险	166
亚麻的发见	172
芬利斯被擒	176
青春的苹果	180

为何海水味咸   186

北欧神话的保存   190

希腊神话与北欧神话   194

北欧神话 *

---

* 本书一九三○年十月由上海世界书局初版，分上下两册，署名方璧。

例　言

一　北欧神话虽没有希腊神话那样古老灿烂，却也是欧洲文学的泉源之一脉；至少斯坎底那维亚文学是和这特殊的神话有血脉的渊源。

二　从北欧人种原为亚洲中部移往这一说，我们将不以北欧神话有些地方很和中国神话的断片相像为可异了。例如以日月蚀为天狼吞食之故，以大地为由巨人伊密尔身体所创造等说，都是出奇地和中国的断片神话相似。

三　北欧神话因在尚未被诗人保存下来以前就受到了基督教信仰的摧残，所以在人体上远不如希腊神话之深宏广大，然而北欧神话的特殊的结构却又表示了严肃的北方人的性质。

四　因为早被基督教信仰调和修正了，所以北欧神话不能正确地反映着原始的北欧人的信仰、习惯和意识形态。这一点，或者就是北欧神话不受考古学者所十分注意的原因，但在文学上，北欧神话还是重要的材料。

五　本编的目的即为供给文学上的关于北欧的一些古典。因此本编的方法是记述北欧神话的许多故事，而非解释北欧神话。

六　关于各专有名词的译音，作者自惭不精于国音，只能就自己的方音来译，不妥之处，一定很多。为补救起见，译音下都附了英文原名。其再见者则不复附注。

七　为应读者进一步研究的方便起见，编末附一简单的参考用书表。诸书皆为英文本，且属普通易得之版本。

一九二九年十二月，作者记

第一章　绪　言

所谓北欧神话是指古代斯堪底那维亚人（Scandinavian）或所谓 Norsemen（北欧人，或北人）的原始的信仰及自然观察；而英雄传说也包括在内。关于此部分神话的最早且最重要的传述者和增饰者（我们不要忘记，传到我们现在的神话都是经过无名诗人的增饰的），学者间有两种意见：一谓是出于挪威的古诗人，则因为保存了大部分神话材料的《大厄达》(*Elder Edda*) 或《韵文厄达》(*Poetical Edda*) 中所述之风俗，法律，方物，均似属于比较的南方的挪威；一谓是出于冰兰（Iceland）① 的古代行吟诗人所谓 Skald 们，则因为大家公认直到十四世纪冰兰的 Skald 们对于北欧文学的发展还是极重要的分子，而且相传为《大厄达》的编辑者古哲陕蒙德（Saemund, 1056—1133）据说也是从冰兰

---

① 冰兰，现通译冰岛。

搜集材料的。

折衷的意见则谓不问《大厄达》的来历如何（这部古籍也和别的古籍一样，身世很不分明，下文就有详细的说明），但冰兰古诗人对于他们祖先的原始信仰及自然观察之"诗的表现"——我们所谓神话的作品，曾有过极大的修订与增饰，则是不容怀疑的。最早的北欧文学是属于冰兰的。十一世纪时，北欧人被英国人所压迫从大陆的半岛逃到冰兰这岛上的时候，就带了他们的神话和诗的天才一同去的。所以若说冰兰古诗人曾对于古神话的保留，有过大功劳，光景是可信的。

上面说过的《大厄达》的假定的编辑者陕蒙德，已是十世纪末十一世纪初的人，然而公布这部《大厄达》的勃利尼哇夫·司凡音松主教（Bishop Bryniof Sveinsson）[①]则更是十七世纪人（是在一六四二年，勃利尼哇夫主教得了这《大厄达》的抄本的），所以北欧神话之见知于世，实在是很晚的事。比较着南欧的同僚——希腊神话，则北欧神话的出世至少迟了一千年光景。

不但是迟，并且《大厄达》的假定编辑者陕蒙德及其公布者勃利尼哇夫·司凡音松主教又都是基督教中人，所以今所传北欧神

[①] 勃利尼哇夫·司凡音松主教，通译布林约尔夫·斯韦恩松。

话已经不能完全算是古代斯坎底那维亚人的原始信仰之代表。基督教的信仰在古代北欧的异教神们的血液中潜流。这是在许多处可以得见，而且也是学者们所公认的。据一般的推测，开化较迟的北欧人，当他们尚未将古代的原始信仰的故事发展成系统的神的记载的时候，基督教势力即已侵入，阻碍了它的广大化，精湛化和组织化。因而北欧神话很可以说是中途夭殇的未完熟品。

然而即使如此，现存的北欧神话的躯壳，却已是耸然和斯坎底那维亚的群山同样的粗朴而巨伟。他们的神，都是庄重，正纯，博大。并且这神话的全体是有着若干的组织的。如果我们说南方的希腊神话是"抒情诗的"，那么，这北欧神话便可说是"悲剧的"。不错，是悲剧的，北欧的神是永远和有害于人类的恶势力——恶神恶巨人族——相斗争；神们是逐渐胜利了，但到了后来——可说是到了悲剧的顶点，那不可避免的命运神早就预言了的 Ragnarok（神之劫难）就来了，于是在神与恶神恶巨人一场大战以后，神们都死灭了，恶神与恶巨人们也灭亡了。这是悲剧的意味，悲剧的结构！这和散漫的希腊神话迥不相同。这又和希腊的神们之永远和古希腊人在街道上跑，在树林中水泉畔游戏、恋爱、妒杀，也是迥不相同。这就是北欧神话之基调的确地异于南欧的希腊神话。

如上所述，《大厄达》是保存了北欧神话的重要古籍。巴尔特尔（Balder）的运命的故事，斯吉涅尔（Skirnir）旅行的故事，菽耳（Thor）的雷锤的故事，都在《大厄达》中。而尤为重要者，是关于尼柏隆（Nibelung）故事的十二首诗；著名的日耳曼传说《尼柏隆根歌》（*Nibelungenlied*）即脱胎于此。

《大厄达》而外，别有《小厄达》，因是散文所写，亦称《散文厄达》（*Younger Edda, or Prose Edda*）。这和《大厄达》一样，也是身世不明的古籍。据说为斯诺里·斯土拉松（Snorri Sturlason）所传，内容为神话的故事，诗品，文法及修辞法。现在多数学者的意见，以为斯诺里所著者，当属诗品一章及讨论文法与修辞法之一章，至于神话的故事，大概是根据旧本编订的。然十四、十五世纪的北欧诗人常引"《厄达》诗法"云云，而未尝齿及斯诺里之名，则又令人疑斯诺里撰著编订之说，并皆无稽了。斯诺里所传之本，后又经麦格诺司·奥拉夫松（Magnus Olafsson, 1574—1636）增订，较原本尤为流行。

《大厄达》的最古抄本，乃十三世纪之物，而其材料之搜集，当亦不后于一一五〇年。北欧神话的最重要的部分均在《大厄达》中。然而此《大厄达》亦并不能正确地代表了古代斯坎底那维亚人的原始信仰。"厄达"之定名，据说是在一六四三年。这个字的意义，说者亦各自不同。有时用为"曾祖母"之意，又谓乃日耳曼古文 Erda 一字之讹，而 Erda 则义为"地母"。另一说则以为北欧诗之首句称曰"厄达"。近来学者则都以为"厄达"当训为"心"或"诗"。大概这个解释是比较地近真。因为《大厄达》的来源实为北欧的古诗人——即冰兰籍的行吟诗人称为 Skald 者的歌曲。和别的民族的古代行吟诗人一样，Skald 们亦是掇拾了古来的传说而编为歌曲，特以战争的传说为他们所最心爱的题材。此种歌曲，名为 Drapas。陕蒙德所采以成《大厄达》的，可信就是这些行吟诗人的歌曲。

此外，帮助着填补了北欧神话的材料的，是古代金石器上雕刻的铭识。这都是用北欧最早的文字所谓 Rune 者写的。Rune 义为"神秘"。今所存最古代的鲁纳文的遗物极少：一为金角上之铭刻，此金角大概是三世纪或四世纪，距今百八十年前在什列斯威（Schleswig）出土；一为挪威的吐奈（Tune）地方的石刻。此等铭刻，虽甚简短，但均有神话上的价值。至于年代较后的鲁纳文遗物，则所存尚多；瑞典，丹麦及人岛（Isle of Man）皆曾发见多量的雕刻着此项鲁纳文的墓碑、匙、椅、桨等。此种刻文，或为颂神之词，或为恋爱之句，要皆为神话之片段。

《厄达》因是出于基督教徒之采辑传述，故其中颇多既非北欧民族的亦非日耳曼民族的气氛。纯然是北欧民族的，是北欧的史诗所谓服尔松加传说的《佐贺》(Sagas)。此篇大概成于十二世纪，是著名的北欧民族传说，当时大概是流行的民间故事。

第二章　天地创造的神话

虽然有几位学者以为北欧人原是从亚细亚中部的伊兰（Iran）①平原移住过去的，但是据今所传北欧神话而观，这些北欧人显然没有从他们的老家里，带了什么去。他们的神话是在他们的新家里（如果他们本是伊兰平原的野人而迁移来的）创造成的。新家里的气候和地形，很显著地刻了痕迹在他们的神话故事上。

这些北欧的原始人，在他们最初谛视着自然现象而索解的时候，他们就觉到了两种相反然而同样地吸引他们注意的现象：一方面是巨伟粗朴的山川，惨澹的太阳光，北极极光的耀亮，常是发怒似的粗恶的海，雪堆似的巨浪打击着高耸的崖石和极圈内的冰山；而另一方面呢，是那个短促的夏季的蓝天和碧海，长在的光明，和几乎可以说是奇迹的植物的荣茂。是这样的寒冷和温暖

---

① 伊兰，现通译伊朗。

的强烈的对照！无怪原始的冰兰人会设想到这宇宙是火与冰的奇怪地混和着而创造成的了。

已经说过，北欧神话是庄严的、悲剧的。这也是辛苦地和自然斗争而仅得生活的北欧人想象的当然结果。他们在冰天雪地中渔猎时所受的危险，在长而寒冷的冬季所受的痛苦，当然地会引导他们想象到寒冰与霜雪是宇宙间的恶势力，而且以同样的理由，他们又会以热与光明视为善势力了。并且，北欧人因生活关系而养成的严肃的头脑又自然而然地以为宇宙间的这两种善与恶的势力是在不断地斗争着。这代表了善势力的神和代表了恶势力的巨人们之斗争，就成为北欧神话的主要骨骼。

在这种观念之下，古代的北欧人诌成了他们的天地创造的故事：

他们以为最初，还没有地，没有海，也没有空气，一切是包孕在黑暗中的时候，有为"万物之主宰"的力存在着。这是不可得见的，不知所自来的，然而存在着。

他们以为在广漠的太空的中央，在太始的时候，有一个大极的无底洞，永在的微光包围着。无底洞之北是雾与黑暗之家，名为尼夫尔赫姆（Nifl-heim）；此中又有不竭的泉源名为赫凡尔格尔密尔（Hevergelmir），仿佛是一口沸水的大釜，供给十二道大川名为厄列伐加尔（Elivagar）的水源。当这十二道大川的水滔滔流来的时候，在无底洞边为洞中所喷的冷气所激，立刻就冻成了冰山，滚入无底洞中，作雷鸣样的巨声。

无底洞之南，正对着尼夫尔赫姆的，别有一真火之家名为墨司潘耳司赫姆（Muspells-heim），火焰巨人苏尔体尔（Surtr）镇守于此。这位巨人常以他的发光冒火星的大刀砍击那些滚到无底洞的冰山，发嚓嚓的巨响，而且使那些冰山受热而熔化了一半。熔冰所发的水汽向上升腾，复为那四周的冷气所袭，凝而为寒霜，愈积愈多，终于填满了那广漠的太空的中央。这样由于冷与热的不断的工作，或竟由于那不可得见亦不知所自来的"力"——所谓"万物主宰"——的意志，一个庞大无比的大家伙名为伊密尔（Ymir）或奥尔吉尔密尔（Orgelmir），从无底洞的冰块中间生出来了。因为他是由寒霜所产生的，故亦称为 Hrimthurs——即冰巨人。这实为冻的海洋之人格化。

和伊密尔同一来源而且同一材料的，有称为乌特赫姆拉（Audhumla）的大母牛，它的乳房迸出四股极大的乳，供给了伊密尔的食粮。母牛转而求食物于身边的冰山，以它的粗舌舐冰上的盐，久而久之，冰山渐消而一巨头之发露出来了，后来连头连身体都出来了；这就是神蒲利（Buri，义为产生者）。

此时伊密尔正在睡觉,于是从他腋下的汗水中生出了一子一女,从他的脚生出了六个头的巨人菽洛特格尔密尔(Thrudgelmir),而他在生下后不久又生了巨人勃尔格尔密尔(Bergelmir),此为一切恶的霜巨人的始祖。

当这些巨人们觉到了他们旁边还有神蒲利及其子(那是蒲利出来后立即生下来的)波尔(Börr,义为生产),他们就和两位神战斗起来。神是代表了善的,巨人们是代表了恶的,他们决不能和平地并在。战斗延长了许多时,两边势均力敌;直到波尔以女巨人勃司忒拉(Bestla,她是恶的 Bolthron 的女儿)为妻,生了三个儿子,奥定(Odin),尾利(Vili),凡(Ve)——相当于精神,意志及神圣——方始分了胜败。奥定等三人生后立即加入父亲的斗争,终于将最厉害的冰巨人伊密尔杀死。当伊密尔跌倒了时,他的伤处涌出大量的血,成为一洪流,将他自己的一族全都淹死,只剩了勃尔格尔密尔,和他的老婆乘舟逃走。他逃到了世界的边僻,住下来,名为 Jötun-heim(巨人之家),又生了一大群的霜巨人,时时想闯到神所统驭的疆界内作恶。

战胜了巨人的神们,于是为世界之主宰(他们在北欧神话之中称为亚息尔 [Aesir,义即世界之柱石与支持者]),并且也有时间来做点建设的工作了。他们要在这荒凉的太空创造一个可居的世界。

他们将伊密尔的大尸体滚进那无底洞，将他的肉形成了大地，北欧人称为 Midgard（中央的园），以置于无底洞的正中心。四周围以伊密尔的眉毛，算是地与太空无垠之间的界墙。伊密尔的血和汗则成为海洋，绕在肉所成的硬土的四周。他的骨头造成了山，齿成为崖石，发成为树木百草。这样布置好了，神们又取伊密尔的颅骨很巧妙地悬于地与海之上，是为天体；取伊密尔的脑子改造为云。可是这青石板似的天体必得有物托住了，方免得坠下来。所以神们又将四个壮健的矮人名为 Nordri（北）、Sudri（南）、Austrl（东）、Westri（西），使立于地之四隅，以肩承天。这样的世界，还得要光明；所以神们又从墨司潘耳司赫姆（火之家）取了火来，布满在天体上，那就是星。最大的火块是留作创造太阳和月亮，用金的车子载着。神们找了两匹马，Arvakr（早醒者）和 Alsvin（快步者），拖那个盛着太阳的金车子。但又恐怕太阳的热力伤了那两匹马，所以特在马的肩下加了盛气的大皮囊；他们又造了巨盾 Svalin（冷者）置于车前，免使太阳的热力烧了车子，并且也因此而地面不至于受太阳所灼焦。月亮的车子有一马名 Alsvider（永远快的）驾着，可是没有马的防御物及盾，因为月亮的光热是温和的。

但是驾此太阳与月亮的车，须得两位驭者；神们看中了巨人蒙迪尔发利（Mundilfari）的一对美丽的孩子；男的名为玛尼（Mani, 月亮），女的名为苏尔（Sol, 太阳）；苏尔是格劳尔（Glaur）的妻，他或者即是火焰巨人苏尔体尔的一个儿子。神们把这两个弄到天上，使玛尼驾月车，苏尔驾了日车。

于是神们又命令另一巨人诺尔尾（Norvi）的女儿诺忒（Nott, 夜），驾一黑车，一匹黑马名为 Hrim-faxi（霜马）拖着，马的鬃毛有露与霜落下。诺忒是夜的女神。她曾经三次结婚，和第一丈夫生一子名 Aud，和第二丈夫生一女名 Jörd（地），和第三丈夫生了美的儿子名 Dellinger（黎明），而现在她又生了一个耀眼的美的儿子，则取名为 Dag（昼）。神们特又为此子备一车，驾以极白的马 Skin-faxi（光马），它的鬃毛间射出极亮的光线，照射四方，给与光明和喜悦。

但是因为北欧人总以为恶势力是时常跟在善势力之后想破坏这善势力的，所以他们又说有可怕的天狼 Sköll（嫌忌）和 Hati（憎恨）时常追逐太阳和月亮，想把它们吞下去，使世界复归于黑暗。有时候，天狼们几乎追及了太阳和月亮，而且咬着了，那时便是日月蚀，那时，地上的人们须得放炮打鼓，惊走那天狼。但是天狼永远是不舍地追着，终有一天它们会吞进了日月，这便是世界的末日了。

神们不但指派了日、月、白昼，黑夜四位神，在天空驾车巡行，神们又指派了暮、半夜、晨、上午、正午、下午的神们以分担责任。又派定了夏神和冬神。夏神是 Svasud（温和慈爱的神）的儿子，也和他老子同样地可亲；冬神的父亲是 Vindsual（他是不可亲的神 Vasud 的儿子，寒冬之人格化），和夏神是死敌。

北欧人又设想天之极北隅有巨人赫拉司凡尔格尔(Hraesvelgr)——义为"吞吃尸体者"——身披鹰毛的衣，当他举臂（或可说是翼）的时候，冷风就扫到地面上。

当神们忙着创造天地而且忙着装饰天地的时候，有一大群蛆一样的东西从伊密尔的肉里生出来了。这些小家伙引起了神们的注意，神们乃给以形状及超人的智慧，并将他们分为两种。那些黑皮肤的，诈谲狡猾的，神们逐之于地下的黑侏儒之家（Svartalfa-heim），不许他们在白天到地面来，如果违犯了这禁令，就要化成石头。这些称为 Dwarfs、Trolls、Gnomes 或 Kobolds，他们的职务是搜集地下的秘藏的宝物。他们把金、银、宝石，都藏在隐秘的地方，不让人们随便找得。另外的一种都是长得白皙的，性格也温和，神们则称之为 Fairùs 或 Elves，送他们住在半空的 All-heim（白侏儒之家），他们可以随意飞来飞去，照料着花草，和鸟雀蝴蝶们游戏，或是在月夜绿草上跳舞。

这样将一切都布置好了，神们的领袖奥定乃引众神卜居于远离地面的一块平原，在不冻的大川伊芬（Ifing）之彼岸，名为伊达瓦尔特（Idawald）。此神的家名为阿司加尔特（Asgard），辅佐着奥定的十二位男神（即 Aesir）和二十四位女神（名 Asynjur）群聚而居。于是开了一次大会议，奥定发布命令，谓在此神的家内不许有流血之事。会议的又一结果是神们建立一大冶炉，铸成了各神的武器以及建筑神宫所必须的工具。神们这样和平地快乐地住着，有许多年代；是为神们的黄金时代。

虽然神们创造了地，准备作为人类的家，然而地上实未有人类。于是某一日，奥定，尾利，凡三位神（或说是奥定、海尼尔 [Hoenir]，和洛陀尔 [Lodur] 或洛克 [Loki]），从神宫出去，在海滩上走，觅得了两片木板，或说是两棵树，Ask（白杨）及 Embla（榆），拿来砍成了人的形状。神们看着自己的作品很得意，就决定要利用这手制品。奥定给以灵魂，海尼尔给以动作和感觉，洛陀尔给以血，于是就有了能思索、能说话、能工作，而且有恋爱、有希望、有生、有死的人类，住在地上为主人翁。这新造成的两个人是男女一对，他们生下了子女，繁殖不已。

此后奥定又创造了一棵巨大的白杨树,名为伊格特莱息尔（Yggdrasil）,是为宇宙之树,时间之树,或生命之树,是充满了全世界的,不但着根于辽远的翻腾着不竭之泉赫凡尔格尔密尔的尼夫尔赫姆,并且着根于近海之地,着根于相近乌尔达尔（Urdar）泉水的神之家宅。从这三支大根,这棵树长得极高,其最高枝名为莱拉特（Lerad,和平的给与者）,罩在奥定的宫上,而其他的高枝则罩在尼夫尔赫姆,墨司潘耳司赫姆,及我们的大地。莱拉特枝头有一鹰,名为凡特福耳尼尔（Vedfol-nir）的苍鹰则蹲在鹰的两眼中间,炯炯的目光烛照着天上地下以及尼夫尔赫姆所经过的各种事,报告给奥定。

伊格特莱息尔这白杨树的叶子是常青的,所以又是那供给神们以羊乳的神羊赫特洛姆（Heidrun）的食料,还有那些神鹿Dain、Dvalin、Duneyr、Durathor也吃这树叶的；这些鹿的角会滴下蜜露来,世界上的一切河水都来源于此。

在伊格特莱息尔这生命之树的左近不竭之泉赫凡尔格尔密尔之旁,有一可怕的龙,名为尼特霍格（Nidhug）,不停止地在啃啮生命树的根,又有无数的虫帮助这龙做这项破坏的工作。龙和虫都是想弄死这生命树,知道生命树若死,神们的末日也就到了。挑拨是非的松鼠拉塔托司克（Ratatosk）则在树的枝干间不息地跑,把树顶的苍鹰所见所报告的事讲给那条龙听，而且常常挑拨着龙与鹰中间的恶感。

运命女神诺尔音（Norns），姊妹三个，是照料着这生命树的。她们从乌尔达尔泉汲水来灌溉此树。

高临于大地之上，跨在尼夫尔赫姆之两陲的，是火、水及空气所构成的神圣的大桥名为皮孚洛司忒（Bifröst，虹），神们由此桥以到地上或到圣泉乌尔达尔——在生命树之根处，神们每天在这圣泉旁开会议的。神们中惟有雷神薮耳不从这虹桥上走，为的免得他的重脚步或雷火弄坏了这条桥。守护此虹桥之神名赫姆达尔（Heimdall），日夜不离；他的武器一把快刀和一只银角。每当神们经过这桥的时候，他吹他的银角作软调，但如果吹出高亢激越的声音来时，那就是报警，那是 Ragnarok（神之劫难）来了，那是霜巨人和火焰巨人苏尔体尔联合着要来毁灭这世界的时候了。

虽然亚息尔们（奥定等神们之总称）是天上最初的神，北欧人却另有海及风的神伐娜司（Vanas），住在伐娜赫姆（Vanaheim）。在早先奥定等尚未建筑了他们的神宫阿司加尔特的时候，亚息尔神们和伐娜神们之间曾有过斗争，他们各用山石及冰山为武器。后来讲和了，于是伐娜神们中间的涅尔特（Niörd），带了他的两个孩子佛利（Frey）和佛利夏（Freya）住到天上的阿司加尔特，算是和平的保障，而亚息尔神们中间的海尼尔，奥定的亲兄弟，则住在海神们的家里。

第三章　众神之王奥定

奥定（亦称胡顿[Woutan]，或胡腾[Woden]），北欧神话中最高的神，是象征了宇宙间无所不在的精神，是空气之人格化，是智慧与胜利之神，贵族与英雄的保护者。因为众神都出于他，故又称为"众神之父"，是阿司加尔特之主人。他的宝座名为Hlidskialf①，实非寻常之椅子，而为巨伟之瞭望塔，从这上面，奥定可以一眼看见天上人间的众神，巨人们，黑侏儒，白侏儒，以及人类的一举一动。这宝座，只有奥定及其妻或后佛利茄（Frigga）可以使用；当他们坐在这宝座的时候，总是面对着南方和西方。这两个方向是北欧人民希望之所寄。

通常是把奥定说为五十岁左右，身材高大，元气充溢，黑的鬓发，或是灰色的大胡子而顶发微秃的一位神。他穿的是灰色衣服，青的大风帽，外面又披着青底而有灰色斑纹的大氅——

---

① Hlidskiaif，音译赫里兹卡雅尔夫，它置于瓦拉斯克贾尔夫殿堂中。

这是青天和灰色云的北方天空的象征。他的手里时常拿着他的无敌的矛，名为冈格尼尔（Gungnir）；这矛又是神圣的，对矛尖发了誓，便永不能悔弃了。他的手指或臂上，戴着名为特罗泼尼尔（Droupnir）的指环或钏，这就是"富庶"的象征，其宝贵是无比的。奥定也常到人世间来，如果是有战事的，他就戴了他的鹰盔；如果是和平地访察人类的事情，他就穿了人类的服装，戴一顶阔边的帽子，为的要不使人看见他只有一只眼睛。

当他坐在宝座上的时候，他的肩头停着两只大鸦，虎琴（Hugin，思想）和摩宁（Munin，记忆）。这两只大鸦是奥定的秘密侦探，每天到人间世去刺探新闻，回来报告。在他的脚边，蹲着两条狼或猎犬，名为盖利（Geri）和弗利克（Freki），因为是奥定的爱兽，所以谁遇见了，谁就有好运。

奥定在阿司加尔特有三处宫殿，其中有一个宫，位于格拉息尔（Glasir）树林中，名为伐尔哈拉（Valhalla，勇士战死者之宫），有五百四十个门，广可容八百位战士，正门上有一野猪的头和一鹰；这鹰的锐目能瞩见全世界的各方。宫的四壁是擦得极亮的矛所成，所以光明眩耀；宫的顶是金盾所成；宫内坐椅上皆饰以精美的铠甲，这是奥定给他的客人的礼物。凡是战死的勇士，所谓

Einheriar①者，为奥定所器重者，皆得入此宫为上客。

　　以勇敢为无上之美德，以战死为无上之光荣的北欧人，因而亦视奥定为胜利及战争之神。北欧人以为每逢人间有战争的时候，奥定就派遣了他的女侍者名为凡尔凯尔（Valkyr，选择战死者带上天宫的女使者）的，到战场上从战死的勇士中挑选了一半，负在她们的快马上，从虹桥皮孚洛司忒进入那伐尔哈拉宫。先由奥定的两个儿子在宫中欢迎，然后带到奥定御座前受赞奖。如果战死者有为神们平日所中意的人，那么奥定必亲自起身欢迎，以示特殊的礼遇。在伐尔哈拉宫中，又有盛筵飨待那些接引上天的战死者。美貌白臂脯的凡尔凯尔们此时亦卸去战袍，换穿了纯白的长衣，殷勤为勇士们劝觞。这些女侍者，据说是九个，以大斗盛美味的神羊乳，大盘盛野猪肉，请勇士们放量饮啖。这野猪肉也是神宫里的珍品，是神的野猪散赫列姆尼尔（Saehrimnir）的肉，每天由神宫的厨子恩特赫列姆尼尔（Andhrimnir）割下来在大锅里烧好，却从来没有不够的时候，虽然奥定的客人都是好食量的北欧勇士。这野猪也是神奇的，刚割了它的肉，它立刻又生满了一身肥肉。勇士们既醉饱后，也常在宫外旷场上战斗，直到又

---

① Einheriar，音译艾因赫贾尔。

闻传饭的角声，这才携手回去。在那里，美丽的凡尔凯尔们又在侍候，将大斗里的神羊乳倾在各个勇士的心爱的杯子里，这些杯子是各人的仇敌的头颅骨所做成的。

就是这样天天饮啖比武，勇士们在伐尔哈拉宫里享福。这种生活，是北欧武士们所能想象的最美满的生活，所以奥定也成了北欧武士们最爱的一位神。

奥定出战的时候，通常是骑了他的八条腿的灰色马斯莱比尼尔（Sleipnir），盾是白色的。他的武器，除了无敌的矛，又有神弓，一发同时出十矢，每一矢中一敌人。他又常以著名的 Berserker rage（铁布衫术）授给他所宠爱的人，有此术者能白手出入刀枪林中而不受伤。

因为奥定是全知全能最高的神，是代表了一切的，所以他的别名最多，约有二百左右，每一名代表了他的一种本领。在视为"风神"的他，特名为胡腾。

北欧人以为暴风雨是奥定骑了马在世界驰过，收拾死者的灵魂。这也是北方人恐惧暴风雨的表现。所以人在暴风雨中遭了不幸便是因为冲犯了奥定带着鬼魂所走的路。但又谓如果虔诚地跟着风暴走，往往能得奥定从半空中赐以一马腿，这若谨慎地保持着，到明天便变为一块黄金。北欧人称暴风雨为奥定的行猎，以秋冬风猛的季节为奥定的猎季。农人们常留一些成熟的麦在田里，预备奥定经过时喂马。

奥定又是一切知识的神。这是因为他喝过密密尔（Mimir）的"智慧的泉水"。在这泉的深处，未来之事也映出得很分明。奥定找到了密密尔，要求一勺之水。可是这位守泉的老头儿很知道泉水的价值，一定要奥定的一个眼睛为代价。奥定就挖出自己的一只眼睛给了他。因此奥定只剩一只眼睛。密密尔将所得的眼睛沉在他泉水的深处。为的要留将来的纪念，奥定乃折取那罩在智慧的泉水上的生命之树伊格特莱息尔的一枝，做成了他的无敌的矛。从此奥定的智慧无可匹敌了，但是他也从此忧悒（他的面相是永远忧悒的），因为他知道了未来的事，知道了神们将来不可逃避的劫运。

因为奥定是一切知识之神，所以北欧古文字母——即 Rune（鲁纳文），也说成是他的发明。在发明鲁纳文字的当时，奥定曾自悬于生命之树伊格特莱息尔的巨枝上，凝视着深不可测的尼夫尔赫姆，用心深思，并以矛自刺；这样凡有九日九夜之久。既发明了这神秘的文字以后，奥定乃刻在他的矛上，又刻在他的马的牙齿上，熊的爪上，以及无数生物与非生物的身体上。因为他受过九日九夜吊身体的痛苦，所以吊罪在北欧人中算是重罪。

奥定是不常到人间游玩，但有一次他在地上逗留的时期太久了，因此亚司加尔特的神们以为奥定是未必再回来，奥定的兄弟尾利和凡（或说二人原为奥定之化身），就篡夺了奥定的大位，并以奥定之妻佛利茹为妻。但经过了七个月后，奥定又回来了，篡夺者从此不见，亚司加尔特又回复本来的秩序。北欧人的五月祭（在五月一日），就是为纪念奥定的复归的。

北欧人以奥定为天的人格化，因而他的妻当然是地；但是地有三个阶段，所以北欧人又将奥定说成多妻者。奥定的第一个妻就是 Jörd①，象征了原始的地，她为奥定生一非常威武的儿子，即雷神菽耳。第二妻或正妻是佛利茹，象征了开化后的地，她生的儿子是光明神巴尔特尔（Balder）和赫尔莫特（Hermod）或说是体尔（Tyr）。第三妻是林达（Rinda），象征了不毛的冻的地，她最初是不肯接受奥定拥抱的，后来终于做了妻，生伐利（Vali），是为园艺复向荣之象征。

有些古诗人又谓奥定曾以历史女神辛伽（Saga）或拉伽（Laga）为妻，每天奥定到冷的河水下的水晶宫（名为 Sokvabek）去看视她，饮那冷河的水，听她唱古代历史的歌。

---

① Jörd，音译乔德，大地女神。

此外，奥定的妻还有 Grid、Gunlod、Skadi①及公共产生出赫姆达尔（Heimdall）的九个女巨人。在北欧神话中，这些奥定的非正式妻都占了相当重要的地位。

以上所述，是神话中的奥定，也可以说是北欧人民的最古的奥定。然在稍后期的诗歌中，便有半神话的历史的奥定。古代神话奥定的许多奇迹和冒险也加在这位历史的奥定的身上，可是他的来历却不同了。他被说成是小亚细亚一部落名亚息尔（Aesir，我们应该记得，这是北欧神话中男神们的总称）的酋长，因为罗马人所逼，于纪元前七十年顷离开了小亚细亚的老家，迁居欧洲。这个奥定，据说曾征服了俄罗斯、丹麦、挪威、瑞典等地，每处留一子为君。这个半神话的历史的奥定后来自觉末日已近，乃集其群臣，以矛自刺其腹九下，谓将归老家之亚司加尔特（我们也不要忘记这又是神话中的亚司加尔特——神之家），于是就死了。

据另一记载，则谓瑞典国王吉尔非（Gylfi，在上面的记载中曾谓此吉尔非与奥定平分国土，极为友善），慕亚息尔族之勇名，

---

① Grid，格丽达，女巨人，曾支持雷神托尔（菽耳），把神手套借给他。Gunlod，冈洛德，巨人萨腾之女，诗歌蜜酒的守卫者。Skadi，斯卡蒂，巨人西阿齐之女。

要亲自访之,以验虚实;他到了奥定的宫,受了欢迎,并与守门者干格莱尔(Gangler)论及北欧神话之解释。见于《小厄达》所记。

又据另一极古的诗,则谓奥定的儿子六人为丹麦、瑞典、挪威、东西萨克逊尼等六处之国君。又一诗谓奥定与佛利茄有七子,实为盎格罗萨克逊(Anglo-Saxon)王族之祖先。

总之,凡诸历史的奥定可信都是由神话的奥定蜕变而来的。神话为历史化,在各民族皆不能免,北欧神话当然也不是例外。

第四章　众神之后佛利茹

佛利茹，或称佛利格（Frigg），一谓是夜的女神诺忒之女，即象征了原始的地而为奥定之小妻的 Jörd 的姊姊。但据别说，则谓是奥定与 Jörd 所生之女。同时又为奥定之妻，便说明了北欧人早先也行过父女结婚的习惯。奥定和佛利茹的结婚是阿司加尔特的神们所共庆的，以后每年举行结婚纪念，必有大宴会。在这意义上，佛利茹在北欧神话中是婚姻的主宰女神。

但在一般的意义上，佛利茹是大气或云气之人格化。她的衣服或为白色或为灰黑。她是众神之后，享有坐在奥定的宝座上的特权。因此她亦有周知宇宙间各事之力量。她又是未卜先知的预言者，知道一切未来的事。这是因为北欧人把女子看成藏有多少秘密的神秘者的缘故。

佛利茹被说成是一位美貌颀长而尊严的妇人。头戴苍鹭之羽，这是沉默与易忘的象征。穿雪白的衣，腰间是一根金带，挂着一串钥匙；这又是北欧管家婆的神气。所以她也是管家婆所奉祀的女神。

她有自己的宫，名为芬萨利尔（Fensalir），意为雾之宫或海之宫。她在这宫内转她的轮机，织金线或明色的云的长网。她的织轮是宝石装饰的，夜间放大光明，北欧称之为"佛利茄的织轮"，即我们所谓猎户星座。

在她的芬萨利尔宫内，佛利茄邀请世上的忠实的丈夫和老婆去，犹是奥定招致那些战死的勇士。忠实的丈夫和老婆因此虽死而不分离，在芬萨利尔宫里享受快乐。所以佛利茄是婚姻及母爱之神，特为已结婚者所崇祀。

但是佛利茄又很喜欢装饰；她对于金珠宝石的贪心是无餍足的。有一次，因为她偷了她丈夫的真金像上的一块金子，而且又设法使金像破碎，不能自供偷者是谁（奥定为的查究出偷的主名来，曾以鲁纳文字写在金像口上，使金像能自言），很触怒了奥定，结果是奥定负气离开了阿司加尔特，到地上人群中漫游。在他的漫游期中，他的兄弟尾利和凡就篡了他的位，又夺了佛利茄为妻。尾利和凡是和奥定面目一般的，佛利茄也不自知已经失身；可是他们却没有奥定的威力，不能降福于世界，任让冰巨人约丹司（Jotuns）蹂躏人间，将寒冰封锁了大地，毁坏了一切生物。

幸而七个月以后，奥定回来了。两位篡窃者也偷偷跑走。于是冰巨人也不敢再作恶，世界复又充满了生气。这是北欧人对于寒冬何以会来之一个说明。

佛利茄有许多的侍女。多半是代表了佛利茄的复杂的性格之各方面的。最得她宠幸的侍女名福拉（Fulla），或说原是佛利茄的姊妹，她的职司是掌管佛利茄的首饰箱，伺候佛利茄梳妆。她常常献议给佛利茄如何去帮助那些祷求神佑的人类。福拉是很美丽的，她的金黄色的头发极多而长，是五谷的熟穗的象征。所以福拉又常被视为大地的丰穰的神。

赫林（Hlin），是佛利茄的第二侍女，是安慰的女神，常常被派遣到世间去安慰受难的人。她常常用心听取世上人类的祈祷，献议给佛利茄如何去帮助那些有求的苦人儿。

盖娜（Gna）是佛利茄的速行的使者。她骑在她的马上（马名Hofvarpnir），能够飞快地渡海过山，在空中，在火中，没有一处地方不能去。她是清风的人格化。她把路上所见的一切告诉佛利茄。有一次，她看见奥定的本家的利里尔（Rerir）王坐在海边哭，因为没有儿子。盖娜把这件事告诉了佛利茄。于是佛利茄取一苹果（这是结实的象征），使盖娜赐给了利里尔王。后来利里尔王的后生一子，就是有名的北欧的民族英雄服尔松格（Volsung）。

除上述三人而外，佛利茄尚有三个随车的侍女。洛芬（Lofn）是一个温柔庄重的女郎，她的职务是除去一对恋爱者前途所有的阻碍。芙约芬（Vjofn）的职务是使冷硬的心接受爱情，是维持着人类间的和睦，并且使反目的夫妇再和好。珊痕（Syn，真理）通常是守护着佛利茄的宫门，不准人随便进去。凡是被她所拒于门外的人，无论如何请求，必无效果。她是真理的人格化。

佛利茄另有一个在宫里的侍女名为盖夫雄（Gefjon），专司接引未及嫁娶而死的男女们到宫中享受快乐。但据别一说，则谓盖夫雄自己却不是处女，她和一个巨人生下过四个儿子。有一次，奥定派她去见瑞典王吉尔非（就是上章末尾所讲过的那个国王），请求分给一些土地。吉尔非就对盖夫雄说她一天之内能耕若干土地就给若干。盖夫雄乃变化她的四个巨人种的儿子为四条牛，驾起犁来，将地面耕成一条极深的沟，使得瑞典国王失色惊异。盖夫雄耕了一天，划出一大块土地来，曳入海内，成为一个岛。后来她又嫁了奥定的一个儿子，成为丹麦王室的始祖。

佛利茄还有别的侍女。爱拉（Eira）是最有本事的医生。她搜集了地上的各种药草，内外科都能医治。她又把医术教授人间的女儿。因为在古代北欧，医术是女子的业务。伐拉（Vara）专司听受信誓，谴罚不守信者而赐福给守誓者。孚尔（Vör）是真理的人格化，司察看全世界的一切行为。而司诺忒拉（Snotra）则为德行之女神，一切知识的主宰者。

在南部日耳曼，没有佛利茄这位女神，却另有很和佛利茄相像的女神霍尔达（Holda）。这位女神也是云气之人格化，正和佛利茄一样。下雪说是霍尔达在清理她的卧床，下雨说是她在洗衣，白云说是她的布。长条的灰色云散布于天空的时候，说是她在纺织。据那些传说，则谓织麻之法亦传自霍尔达。从这些点上，可信霍尔达就是佛利茄到了南日耳曼的变形了。

据中世纪的传说，则云气之人格化的霍尔达，又是住在山洞内的女神名为 Frau Venus（委娜丝夫人），相当于希腊神话内的恋爱女神。她常引诱少年骑士到她洞里，用种种肉感的快乐使那些骑士乐极而忘返。

又一说则谓霍尔达又是有魔力的泉水的所有者。这泉水名为"速生"，和有名的青春之泉（饮之则返老还童）相埒。她又有一辆车，她常坐此车到各处视察。

萨克逊民族所奉的女神绮司忒（Eastre，或 Ostara），春之女神，也和佛利茄有多少相像。这位女神被老条顿人民所甚爱，所以，当基督教盛行以后，这位女神并不降为魔鬼，而为纪念她起见，却把基督教的一个祭日取了这位女神的名字——就是英文中的 Easter（复活节）。在此节日，送礼是用有色的蛋，因为蛋是代表生命之始。因为绮司忒是春之女神，是表示着严冬之后生命之复始。

在日耳曼的别处，佛利茄又以倍尔达（Bertha）之名为又一化身。倍尔达也是纺织之神，园艺之神，又为照料殇婴的灵魂之神。或又有名为 Gode 或 Wode 的女神，则在名字的本身上已表示是 Odin 或 Wuodan 的阴性。在荷兰，称为 Vrouelde。这些女神，从她们的象征的意义而观，实在都是佛利茄的化身。

第五章　雷神菽耳

在寒冷的北欧，雷是农民的恩人；雷来了，冻冰消迹了，冻地也怀春了，农事始有希望。所以雷神是北欧的农民和贫民的恩神。

雷神菽耳，亦称 Donar，是奥定和地之女神 Jörd 所生之子，但据别说，则谓他的母亲是佛利茄——众神之后，奥定的正妻。菽耳生下后就是魁梧有力的，能抛举十大包的熊皮。虽然天生的是好性子，但若发起脾气来，却如烈火一般可怕。因此他的母亲自谅不能教养这孩子，将他托付给 Vingnir（有翼者）和 Hlora（热）——电光的人格化。在这寄父母那里长大了后，菽耳方被迎入阿司加尔特为十二位正神之一。他又特有他自己的宫，名为 Bilskirnir（闪电），是阿司加尔特的最大的宫，共有五百四十间大厅，为的要接引贫困一生而死的人们的灵魂到此来享福，奴隶们死后灵魂也得入此宫，和他们的主人（那是被接待在奥定的伐尔哈拉宫内的战死的勇士）平等地被欢迎。菽耳是农民、贫民及奴隶们的恩主。

莜耳是惟一的不走那条虹桥的神，因为恐怕他的重脚步（那是常常发火星的）会烧毁了这美丽轻巧的桥。他要参加神们在乌尔达尔泉下的会议的时候，他经过了两条河走去。他是身材高大硕壮的伟丈夫，猢毛似的红头发和红胡子，当他发怒的时候，发和须髯间便爆出一大群一大群的火星。他常戴一多角的冠，每角有一颗发光芒的星。因此他的头便常如一团热火似的。火是他自己的原素。

莜耳的武器是一把神奇的锤。他对他的仇敌霜巨人掷出这把斧去，无论是多少远，又无论是怎样厉害的敌人，一定是命中而且击死。并且不论掷出多么远，锤会自己回到莜耳手里。这锤就是雷火的象征，名为弥乌耳尼尔（Miölnir，压碎者），常是炽热，不便把握，所以莜耳得戴上一双铁的长手套，名为 Iarngreiper。他又有一条神奇的腰带梅金吉乌尔特（Megingiörd），束了这带时，能使勇力倍增。

北欧人把莜耳的锤看成极神圣；以手作锤形，谓可被除不祥，邀引福佑，等于基督教徒之举指作十字形。婴儿初生时，大人亦在他身上作锤形；造宅，嫁娶，战死者的葬礼，都以作锤形为必要的仪节。

在瑞典的民间故事，说菽耳也像奥定一样。喜欢戴阔边的帽子，因而称大雷雨前的黑云为"菽耳的帽子"，雷声则视为菽耳车子的轮声。因为在北欧的神们中，只有菽耳是不骑马的，他徒步，或是坐车；他的车是黄铜的，有两山羊（Tanngniostr 和 Tanngrisnr）驾之，羊的齿与蹄常发火星。驱了这黄铜车往来于天空的菽耳又被称为 Aku-thor（驱车者菽耳）。

菽耳曾两次结婚。第一次是娶了女巨人扬萨克萨阿（Iarnsaxa, 铁石），生二子，一名玛格尼（Magni, 力），一名摩提（Modi, 勇敢）；后来在"神之劫难"到来时，菽耳战死了，此二子都幸免于难，后在再造宇宙中继承了父亲的职务的。他的第二妻是美发的女神喜芙（Sif），亦生二子，男的是洛列特（Lorride），女的是女巨人菽洛特（Thrud），以硕大多力著闻。菽洛特曾为一黑侏儒所爱，某夜，黑侏儒到阿司加尔特向神们求婚。菽耳要考验侏儒的知识，问以种种疑问，直到夜尽天晓，第一线阳光射来，侏儒立即化成了石人。因为黑侏儒是被禁止见太阳光的，见则必化为石头。

喜芙，美丽的金头发的女神，是五谷的熟透的金黄穗子的人格化。她的金头发多而且长，披下来罩满了她的全身。菽耳极宝爱他这老婆的好头发。所以当一天早晨喜芙忽然变成光头，失了她的美发，薮耳的怒是很可怕的。他料到偷头发的人一定是恶神洛克（Loki）。他的猜度果然不错。他找到了洛克（虽然这位恶神变形多次，终于被捉住），搜出被偷的头发，并且责令设法使头发复生根在喜芙头上。洛克无奈何，乃到地下去请求那些工艺家黑侏儒帮助。他找到了一个名为特凡林（Dvalin）的黑侏儒，为织成最美丽的金丝，只要一按上喜芙的头，就能生根和喜芙的真头发一般。特凡林又为洛克另造两件礼物献给奥定和佛利：一是那无敌的矛冈格尼尔（在这里，北欧的古代诗人又互相矛盾了，因为别据一说，则矛乃奥定取生命之枝所成，已见上面第三章中），又一是神船斯刻特勃拉特尼尔（Skidbladnir），能行于空中和水中，并且总是遇着顺风，更可奇的是，虽然大足以容纳神们全体以及他们的马，可是折叠起来，又小到可以放在口袋里。

  洛克高兴极了，称赞特凡林是最灵巧的工艺家。这句话，被另一侏儒勃洛克（Brock）所闻，就要和洛克打赌，说是他的哥哥辛特里（Sindri）能铸造更神奇的东西。于是各以自己的头为孤注，洛克和黑侏儒勃洛克及辛特里立下了约。辛特里拿许多金子放在熔炉中，嘱咐勃洛克扇着风箱不可有一刻的间断，就出去找觅魔法去了。洛克变为一只大牛虻，刺勃洛克的扇风箱的手，打算破坏侏儒们的工作。但是勃洛克忍痛不顾。结果是辛特里铸成了一匹硕大的野猪，名为古林蒲尔司底（Cullin-bursti），浑身都是金毛，能在空中飞跑。于是辛特里再拿许多金子放入熔炉，照前一样嘱咐了勃洛克后，又出去找索魔法了。洛克仍变为牛虻，但是去刺那侏儒的颊。勃洛克还是忍痛扇着风箱，所以等到辛特里再回来时，从炉中取出来的是魔法指环特罗泼尼尔，生产的象征，每过九天能产生同样的指环八枚。现在只剩最后一物了。辛特里这次加进熔炉的却是铁。勃洛克扇着风箱，辛特里又出去作魔法了。洛克见着自己要失败，仍变为牛虻，却去猛刺勃洛克的眼睛，直到血流满颊，眼不得见，勃洛克不得不举手驱走这牛虻；可是只在一刹那的停手，就坏了事了；当辛特里回来开了熔炉看时，惊叫起来，他取出一把锤来，却短少了锤柄。

虽则如此，两个侏儒还是和洛克同到阿司加尔特，各带了自己的宝物。洛克将矛献给奥定，船献给佛利，金假发给菽耳，给装在喜芙的头上，立刻生根在那里，比原来天生的头发更美丽。

侏儒勃洛克则将金毛的野猪献给了佛利，指环献给奥定，锤弥乌耳尼尔则献给菽耳。神们评判，胜利属于侏儒。为的那把神奇的锤弥乌耳尼尔能使菽耳与霜巨人斗争而得胜利。

洛克见是自己输了，立刻就逃，但终于被菽耳捉了来，交给勃洛克，然而对这位胜利的侏儒说："虽然头是你的，可不能伤了他的颈子。"因此，两个侏儒不能割取洛克的头，只得缝闭了洛克的嘴唇，免得他再说坏话。但是不久以后，洛克设法割断了嘴唇上的铁线，又能挑拨是非了。

虽然菽耳出来必用雷雨，可是北欧人并不以为他是破坏的神；他是驱走了冰和霜的巨人使地回复了生意，丰饶地产生了食物的有恩于民众的雷神。

但是住在约丹赫姆（Jötun-heim）的巨人们时常吹冷气到人所住的世界，使植物凋落，地面阴惨。菽耳决定要到约丹赫姆去面会那些巨人，给他们一个教训，使他们永远不敢作恶。他是和洛克同去的。将近约丹赫姆境界的时候，他们投宿在一个农民家里。农民很有礼貌地款待这两位神，可是他太穷了，要给这两位不是寻常食量的神预备夜饭，实在有点为难。于是菽耳杀了他的驾车的两只山羊，烧好了肉，请大家同吃，他警诫他们，不要折断了羊骨，而且都得投在那两张羊皮里。农民的儿子徐亚尔非(Thialfi)受了洛克之愚，却偷偷地将一根羊腿骨折断，而且吮去了中间的骨髓，以为是不能被查出来。但第二天菽耳用他的锤打击羊皮，而两只山羊又活泼泼地跳起来的时候，其中一只羊的腿微有些跛。菽耳立刻知道是什么原因，很是生气；他本可杀尽了这一家农民，但到底宽恕了他们。农民乃以一子一女为菽耳的侍从。因此那个淘气的徐亚尔非就做了菽耳的亲随。

菽耳他们徒步走进了约丹赫姆的境界。天晚时在路旁一所大房子的厢房里过夜，第二天，才知道这所谓大房子原来只是一只巨人用的手套，所谓厢房就是手套的大拇指。巨人自称为斯克利密尔，愿意引导菽耳等到巨人的酋长那里去。那天晚上又在身旁过夜，巨人拿他的藏着干粮的口袋给菽耳他们，可是袋上的结竟不是神们所能解开。巨人的雷一样的鼾声使菽耳他们都不能安睡，菽耳怒极了，取出他的锤来打巨人的头，可是不但不能损伤他，反而他的鼾声更大。

第二天，巨人指点了到乌忒茄尔特陆基（Utgard-loki，巨人酋长）的堡寨去的路，就和菽耳等分别。菽耳他们进了乌忒茄尔特陆基的堡，为的被笑为矮小，就提议比赛本领。洛克说他是饿了，愿意先比赛吃。乌忒茄尔特陆基乃命拿进两长盘的肉，洛克和他的对手——堡内的厨子洛琪，各吃一盘。洛克原是好食量，立刻就吃到盘的中央，可是看他的对手时，早已连肉连骨头连盘子都吞下去了。菽耳乃谓他是渴了，愿借堡里最大的斗来喝些水。于是拿进了一个大斗来，满满地盛着水。虽然菽耳用尽能力喝，几乎把肚子都胀破，然而斗中的水还是满满的。徐亚尔非提议赛跑。他的对手是一个小孩子，可是徐亚尔非也失败了，虽然他跑得实在很快。菸耳又提议试试他的力气。他举起一只猫。虽然他将腰间的宝带收紧一下——这使得他的非凡的神力又加一倍，可是只能将猫的一足提离了地面。最后是和乌忒茄尔特陆基的老乳母爱利（Elli）角力，结果又是神们失败了。

这样在堡内过了一天，乌忒茄尔特陆基送神们出境，且叮嘱他们不要再来，因为他已经不得不用魔法来自卫了。他说路上的巨人斯克利密尔就是他自己，如果那晚上他不是先移一座大山来挡住他的头，则菸耳的锤早已将他打死了。他又说，和洛克比赛吃肉的厨子洛琪是"野火"；菸耳所喝的是一海的水，菸耳总算已经使海水起了波浪；徐亚尔非比赛跑的是 Hugi（思想），世上不能再有一物比"思想"走得更快的了；那猫也不是猫，却是使绕着大地的大蛇密特茄尔特蛇（Midgard Snake），菸耳几乎把它拖出海来；至于老乳母爱利就是"老年"，老是不可抗的。

神们是这样地被戏弄了。菸耳气极了，拿出锤来想打毁那堡，可是巨人和堡全都不见了，眼前是一片浓雾。菸耳他们只好回转。想要征服约丹赫姆，冰霜巨人们的家，这个雄图，只好作罢。

但是菸耳和巨人斗争而胜利的事，却更多了。他和巨人赫郎格尼尔（Hrungnir）决斗的故事是很有名的。

巨人赫郎格尼尔有一匹好马古尔发克西（Cullfaxi）。有一天，奥定骑了他的八足马斯莱比尼尔在空中驶过，正和这位巨人遇见了。赫郎格尼尔是一个夸大的巨人，就要与奥定的马比赛。他热心要赢，竟没注意到他们是向着阿司加尔特驰去；直到了伐尔哈拉宫门外，赫郎格尼尔才知道已经深入了敌人的大本营。他并没赢，但是神们仍旧请他进去，款待他酒食，当他是一个好客人。赫郎格尼尔醉了，就大言日后将来打毁阿司加尔特，杀尽众神，惟留美貌的喜芙和佛利夏做他的老婆。神们知道他是浑人，都不理会。恰被菽耳听见了，立刻大怒，拔出他的锤来要打死赫郎格尼尔。在自己家里打"客人"是北欧人所不许的；所以众神们立即来劝阻。于是菽耳要求和赫郎格尼尔决斗。赫郎格尼尔答应在三天后，在他自己家的门外。

赫郎格尼尔回去和别的巨人商量，心里很觉不安。为的原和菽耳约好，可以有一个助手来抵敌菽耳的亲随徐亚尔非，于是赫郎格尼尔和他的同伴就用泥来造一个巨人，有九英里长，作为徐亚尔非的对手。因为没有那么大的人的心，所以就在泥巨人胸腔内放进一颗牝马的心。

决斗期到了时，赫郎格尼尔和他的泥巨人等候菽耳来。但先来的是徐亚尔非。赫郎格尼尔心想先杀死了这亲随，然后再和菽耳决斗。他防着徐亚尔非从地下来攻，就踣在自己的盾上。不料蕴耳也来了，举锤当头打来。赫郎格尼尔用他的火石制的大棒格一下，火石棒是碎了，赫郎格尼尔自己也死，只是碎火石纷飞，有一块嵌进了蕴耳的前额。现在世界各处都可以找见火石，就是赫郎格尼尔的大棒的碎片。

蕴耳前额上的火石块后来虽经著名的医生女预言者格罗阿（Groa）用了鲁纳文字的神咒，也终于不能取出来。当赫郎格尼尔受伤仆在地下的时候，他的一条巨腿压在蕴耳身上，神们都不能将它移开。后来是蕴耳的儿子（据说此时不过三岁，或说是只生下来三天）玛格尼，来救出了父亲。那个硕大的泥巨人也被徐亚尔非所杀。

另一件有名的故事是蕴耳的锤被窃。这也是表示了北欧神话的基本色彩——善势力与恶势力之斗争而结果是胜利属于前者。不过这一篇故事充满了北欧神话所特有的诙谐意味，遂很有诗意。故事是这样的：

蕴耳失去了他的宝贝的锤。这在阿司加尔特是一件非常重大的事情。如果霜巨人们知道了，一定要来攻打阿司加尔特，找回这锤的责任，派定了洛克。他向女神佛利夏借得了鹰毛衣，变形为鹰，果然在伊芬格（Ifing）河畔找得偷锤的人了；原来是破坏的暴风雨神，霜巨人中的著名的首领叔列姆（Thrym）。洛克用了许多的巧语，想探听出这位霜巨人藏锤的地方，可是没有效果。叔列姆只在一个条件下肯交还那个锤，就是要得美神佛利夏为妻。他见过佛利夏一面，他是想望已久了。

洛克回去和萩耳商量，两个都觉得叔列姆的条件太为难。但锤非索还不可，于是两位神姑且去游说佛利夏，请她为了神们全体的利益而牺牲一下罢。佛利夏坚决不肯。洛克和萩耳没有办法。赫姆达尔想得了一个计策——那也是不得已之计，请佛利夏将衣服和颈链借给萩耳假装了去哄骗叔列姆。虽然这位雷神和美神的相貌差得很远，但如果萩耳略略变形，又罩上很厚的面纱，大概是可以骗过一时的。洛克也换了女装，算是假的佛利夏的侍女。

叔列姆准备了许多酒食，邀请了大批宾客，欢迎他的新妇。假新妇的萩耳吃了一只牛，八条大鲑鱼，以及所有的为女客们准备的饼和糖果。叔列姆看得呆了。洛克低声地解释给他听，因为新妇急于要来，已经有八天不曾吃饭了。叔列姆想要和假新妇亲嘴，可是假新妇眼里冒火，使他不敢上前。洛克又解释是新妇的恋爱热。叔列姆的姊姊向假新妇索照例的礼物，假新妇简直不睬。洛克又轻声儿对诧异着的叔列姆说，新妇是恋爱得昏头昏脑了。

这样被洛克的甜蜜的话语灌醉，叔列姆便吩咐拿出那把锤来，放在假新妇手里，算是"定情"的证据。假新妇的萩耳立刻抓着，只几下打击，把叔列姆，他的家宅，他的客人，都化为灰烬，两位神得胜地回去了。

萩耳的又一次冒险却是上了洛克的当。洛克借了佛利夏的羽衣化为鸟，到约丹赫姆去找冒险的事。他停在巨人盖劳特（Geirrod）的房子上，被盖劳特捉住了。因为看见鸟的眼睛炯炯有光，盖劳特断定那鸟一定是什么神的假装，便把鸟闭在笼里，整整的三个月不给饮食。洛克饿极了，只好现出原形，又答应了将空手的萩耳骗到盖劳特家中，方始脱身。

洛克回去见了萩耳，就编了一套谎言，说是盖劳特如何好客，怂恿着萩耳和他同去作一次友谊的拜访。萩耳信以为真，竟把他的三件法宝——锤、铁手套和魔法腰带，都留在家里，和洛克一同去了，半途中他们遇见了女巨人葛利特（Grid），她是奥定的许多小老婆中间的一个。葛利特知道洛克有诡秘，就将自己的腰带、棍子和手套，悄悄地借给了萩耳。

盖劳特早已有了准备。先使他的两个女儿钻在萩耳椅子下，想把萩耳弄死，但两个不中用的女巨人都被萩耳压死了。盖劳特于是请荻耳进屋子,那里有预先烧红的一块大橄形铁,盖劳特拿了对荻耳掷去。可是荻耳眼明手快,早已把葛利特借给的铁手套拉在手上,接过了那块烧红的铁,回手掷在盖劳特身上,穿过了那巨人的身体,又把房子都打通了。盖劳特的尸身化为石头,直立在那里,像一块石碑,永远纪念着荻耳的神力。

荻耳是北欧最古且最被人爱的神,他的庙祀遍于各地。每年大祭必烧一大段的橡树——夏的温暖和光明的象征,且以驱逐冬之寒冷与阴暗。红色是荻耳赏爱的颜色,也被视为爱情的象征,所以北欧古代的新妇必衣红,而结婚指环上亦必镶以红宝石。

和奥定的神像一样,荻耳的神像亦以木制。当奥尔夫(Olaf)[①]在斯坎底那维亚为基督教尽力的时候,大批的荻耳神像都被他强迫烧了。但在某处有一个装金的大而且古的荻耳神像,则该处人民一定不肯毁掉,谓像已有灵,因为每夜供食物于像前,翌晨便都没有,一定是神吃了的。

当一〇三〇年,奥尔夫命令该地人民改奉正教而毁掉那荻耳庙及神像的时候,人民就要求奥尔夫给他们翌晨一个有云的天,

[①] 奥尔夫,指奥拉夫二世(Olaf Ⅱ Haraldsson,约995—1030),第一个对全挪威进行有效统治的国王。

以证明基督教之能力。奥尔夫虔诚地祷告了一夜，第二天果然阴云。但是人民还要求给他们又次日一个晴天。奥尔夫又祷告了一夜，可是翌晨却是阴云满天。于是奥尔夫召集人民在庙前听他训话，一面却嘱咐他的侍从官吏看见人民们的注意离开了神像时，就用斧头将像劈碎。奥尔夫开始训话了，他望见天空微露阳光，就举手大喊道："看我们的上帝呀！"人民都向空中看了。奥尔夫的侍从官吏乘这机会就用奥尔夫的战斧将菽耳像劈倒。像是早已朽腐，应手而碎，一大群老鼠从像里逃出来。于是神像会吃东西的原因就明白了。

第六章　勇敢及战争之神体尔

体尔（Tyr 或称 Ziu），是奥定的儿子。他的母亲，或称即为众神之后的佛利茄，或谓乃一无名的女巨人，波浪汹涌的海的人格化。体尔也是阿司加尔特的十二正神之一，惟并无他自己的宫，常住于凡尔哈拉宫。

好战的北欧民族当然以代表了勇敢及战争的神体尔为至尊的神，仅决于奥定。北欧的勇士时常在打仗之前向体尔祈祷，和向奥定祈祷一样。体尔的武器是刀；刀在北欧的勇士是神圣的，发誓常以"刀尖"的名义。有所谓"刀之舞蹈"，勇士们举刀尖向天，成刀尖之山，而另一人超跃过之。又或以刀密接成轮形或玫瑰花形，使他们中的首领（最勇者）站立于上，共抬之游行。

体尔的刀，据说也是铸造奥定的矛的那位黑侏儒特凡林所制。谁能得到这把刀，就能征服全世界——每战必胜，可是他自己的性命终亦必死于此刀。据古代的传说，则说此刀藏于奉祀体尔的庙中，忽然一天不见了，后来经过许多时，出现在一个罗马人维脱留司（Vitellius）手里，因而他就毫不费力，被举为罗马皇帝。可是他不善用此刀，终于又为一日耳曼兵士所得，即以此刀割了维脱留司的头，日耳曼兵士恃此刀所向无敌，老年埋此刀于地下。于是又经过了许多年，匈族（Huns）的战士阿底腊（Attila）又无意中得之，成为无敌将军。据《佐贺》所述，则此阿底腊后亦厌战，在匈牙利住下，想和美貌的葡尔根第的公主伊尔迪可（Ildico）成亲；但因伊尔迪可的家族为阿底腊所杀，所以结婚之夕，伊尔迪可乘阿底腊之醉，就拿那著名的体尔刀割了阿底腊的头。

体尔既为战争之神，所以那些白臂膊的凡尔凯尔们也受体尔的使唤。据说实在就是体尔带领了凡尔凯尔们在战场中挑选勇敢的死者带回凡尔哈拉宫中，准备着将来"神之劫难"到了时为神们作战。

体尔被说成是独手的。关于这独手的解释，又个个不同；或谓因为刀只有一面的锋，独手的象征的意义亦即在此；或谓这是表示战争的胜利只能属于一方面，不能两面都胜，而体尔既为战争之神，所以应该是独手，意即只能袒助一面。但是下列的故事却是说明体尔何以只剩一只手的最老的传说：

洛克私自在约丹赫姆以女巨人安古尔蒲达（Angur-boda，发怒的身）为妻，生了三个妖魔的孩子：一是芬利斯（Fenris）狼，一是死之神赫尔（Hel），一是海蛇俞尔芒甘特尔（Iörmun-gandr）。洛克秘藏着三个妖魔孩子，不让神们知道。可是三个长大得非常快，无论如何秘密不来。奥定在宝座上也看见了，知道这三个孽种的厉害，立刻就到了约丹赫姆，一手提起赫尔，将她打入尼夫尔赫姆的深处，命令她在那里为冥世九界的主宰，为死之国王；奥定又把俞尔芒甘特尔摔入海中，这妖精在海里一直长大，直到蟠绕了大地，能自啮其尾。只有那匹狼芬利斯，被带到天上；因为奥定想把它养驯了，或者有点用处。神们看见了芬利斯，都惊怕失色，只有体尔是无所畏的，他喂这狼的食物。

但是芬利斯大得很快，而且野性也一天一天厉害，神们不得不设法将它捆起来，以免后患，因为在阿司加尔特流血是不许的。神们造了一条极坚固的铁链，于是开玩笑似的对芬利斯说是要试试它的力气有多么大，请芬利斯给捆缚起来。芬利斯允许了。神们把它捆得紧紧的。但是芬利斯用力一挣扎，这铁链就断为粉碎。神们假意称赞芬利斯的大力，一面却赶快又制造第二根更坚固的铁链。于是又一次请芬利斯就缚。结果，这第二次的铁链也不能抵御芬利斯的大力。

神们乃派斯吉涅尔到地下去找黑侏儒们造一条链子。侏儒用猫的脚步声音，女子的须，山的根，熊的侦伺，鱼的话音，鸟的口涎，这些古怪的东西，造成一根比丝还细些的绳子名为格兰泼尼尔（Gleipnir），可是比什么都坚固，而且是愈拉愈坚固的。

既然得了这根宝绳，神们把芬利斯带到兰格尾（Lyngvi）岛上，又请芬利斯试力气。虽然这时芬利斯长得更加大力了，却有点不放心这个细丝。它提出一个条件，须得有一位神的手放在它嘴巴里，它方能让神们捆起来。没有一个神愿意冒这个险。永远不怕什么的体尔挺身而出，把自己的右手放在芬利斯口里做抵押。结果，芬利斯被缚住了，体尔却成为独手。神们将芬利斯缚在山石上，又因为芬利斯叫得太响，用一把刀撑住了它的上下颚，流血成为一条河。名冯（Von）。这样，芬利斯永远不能脱身，直到"神之劫难"到了时，它方才挣脱束缚，到阿司加尔特报仇。

第七章　诗歌及音乐之神勃腊琪

奥定是一切智慧之神，所以诗歌及音乐之神，也说是奥定。可是这也无非因为奥定原是全知全能的主神，所以任何头衔都可以加上去。正式的诗歌及音乐之神是勃腊琪（Bragi），奥定的儿子。

但是北欧人并不以为勃腊琪是创造诗歌的；他们以为诗歌也和别的"自然力"一样潜在于宇宙之间，勃腊琪不过是此种"力"之独有者或人格化而已。因此北欧神话中有关于诗歌的来源的故事，而且由此故事，产生了诗歌之神勃腊琪的。

据说当亚息尔神们和伐娜神们相争而后来讲和了的时候（此在第二章末尾略有说过），两方面的神都照规矩唾些唾沫在一个器皿内，算是坚誓的意思。此唾沫后来经神们造为一个小东西名为克伐息尔（Kvasir），以智慧著名，常在人间帮助和指导人类。黑侏儒妒忌克伐息尔的聪明，乘他睡熟时将他杀了，却用他的血调和了蜜，造成一种仙醪，谁尝到了一点，就能成为人人所爱戴的大诗人。侏儒们虽造成了这样宝贝,自己却不享用,照例藏在地下秘处。

后来这两个侏儒又杀死了巨人吉令(Gilling)夫妇,被吉令之弟苏顿(Suttung)所捕,乃献出所造的仙醪来赎命。苏顿知道这东西的好处,付给他的女儿根绿特(Gunlod)藏宝。她藏在空山内而自己坐守。但是已经被奥定知道了。他用了种种方法,才能钻进(变成了蛇的)根绿特所躲藏的山的空腹,乃复还原为威仪堂堂的神,去向根绿特求爱。美丽的根绿特被爱上了,做了奥定的情妇三天以后,就拿出那藏着仙醪的三个器皿(据说一个是壶,两个是碗),让奥定在每个内尝一口。奥定得这好机会,一口气把三个家伙里的内容统统吞下肚子里,然后钻出山腹,披上他的鹰毛衣,变为大鹰,直向自己家里飞去。巨人苏顿也知道了,也变为鹰飞来追,结果是失败,反被阿司加尔特的神们焚死。奥定将所吞的三种仙醪尽数呕出来,盛在三个器内,呕时散落了几滴到地上,所以人间也有大诗人。

奥定自己并不用这三种诗歌的仙醪,他是留给勃腊琪的,勃腊琪的母亲就是女巨人根绿特。

当勃腊琪出世以后,侏儒们就送给他一张黄金的竖琴,并且将他载在他们的一只船上，送他到外面世界去。船慢慢地从地下泉流出黑暗的地下谷，到了死之国的边界，一向是一动不动的勃腊琪忽然坐起来，抓着身旁的黄金竖琴，开始唱神异的生命之歌。这歌声上薄云霄，送进神之家，下入地底，直到死之国王女神赫尔之所居。

一面唱着，船到了有阳光的地方，而且碰着岸了。勃腊琪于是登岸，弹着琴，走过那些枯凋荒凉的树林。立刻树都发芽开花，到处都是生气。

在这树林中，勃腊琪遇见了伊童（Idun），美丽的青春不老之女神。她是黑侏儒伊伐尔特（Ivald）的女儿，当她来到地面来时，自然界呈现了最可爱的面容。

这样的一对在林中遇见，当然会互相恋爱了。他们同到阿司加尔特，受神们的欢迎。奥定仔细地看过了勃腊琪舌上的纹皱（据说这就是神秘的鲁纳文字）以后，就说勃腊琪将为天上的诗人，咏神们及伐尔哈拉宫中勇士们的战功。

视为音乐、诗歌、雄辩之神的勃腊琪这名字，也被北欧人用作"诗"的称呼。又在每年大祭时，对于勃腊琪也有隆重的祝仪。那时，主祭者在船形的杯中喝过了礼酒（先须作锤形的），然后自述他在一年中打算做的事业。次为在座之人一一照样自述，即使是太野心些的想望亦所不禁。这差不多就是"赋诗言志"的神气。

在艺术品如雕刻绘画等，勃腊琪常被表现为老年人。长的白发与须，手挟黄金的竖琴。

第八章　春之女神伊童

伊童，春或青春不老之人格化，或说她是黑侏儒伊伐尔特的女儿，或说她本来无生亦无死的。在北欧神话中，伊童是春之女神。她是青春的苹果之所有者。吃到了这苹果的人，能常保青春的美丽，新鲜，活泼。已老者亦能返老还童。阿司加尔特的神们，因为都是杂种（我们应该记得奥定自己也是杂种，他的母亲是女巨人），不能免于老死，自从伊童来到阿司加尔特以后，神们常常分享了她的苹果，就永远青春不老了。

这些青春的苹果，伊童是放在一只篮里的，随便要多少，取之不尽。这样一种宝贝，当然有侏儒们及巨人们时时在那里想偷盗，所以伊童很小心保藏着。

有一天，奥定，海尼尔，洛克，照例散步到地上来。走了许多时后，到一处无人迹的荒凉的地方，神们饿极了，看见有一群牛，就杀一头来烧，但火虽旺，牛肉不熟。神们知道是有人在做魔法了。树上有一只大鹰，此时就对神们说，魔法是它使的，但只要分些熟牛肉给它，它便可解除这魔法，神们答应了。于是牛肉烂熟，鹰将取四分之三。洛克此时正拿了大块肉在那里吃，以为鹰的要求太多，就和它争论，竟忘记这鹰是会魔法的鹰。

于是不乐意的事情来了。洛克的手连在牛肉上不能脱，而肉又连在鹰的背上。鹰冲霄高举，把洛克带上空中去了。结果，洛克又答应了一个苛刻的丢脸的条件，然后得了自由。原来这鹰是暴风雨巨人第亚西（Thiassi）之变形，他对洛克提出的条件是要骗取伊童及其青春的苹果。

回到阿司加尔特以后，洛克知道勃腊琪又出外"行吟"去了，伊童一人在家，就去谎骗伊童说他看见某处有些苹果和伊童的青春苹果简直一模一样。伊童不信，带了自己的苹果跟着洛克去比较。可是刚跑出了阿司加尔特，化为大鹰的巨人第亚西就把伊童抓起，直带到北方的寒冷不毛的暴风雨之家叔列姆赫姆（Thrym-heim）。

伊童虽在拘囚中，还是不能将青春苹果给巨人第亚西，她天天盼望有神来救她，可是渺无音信。阿司加尔特的神们以为伊童和丈夫一同出外了，都没注意。直到上次吃的青春苹果的效力渐渐消退，神们又感到了衰老的威胁，这才想起了伊童不见已久。

奥定知道是洛克捣鬼。神们都攒住了洛克盘问。除了再发誓把伊童找回来，洛克也不能保性命。他披上了鹰毛衣，直飞到叔列姆赫姆；恰好第亚西出去打鱼去了，洛克乃将伊童变为一个核果（或说一只燕子），抓在爪里，就飞回阿司加尔特。

这样，伊童和她的青春的苹果失而复得了。这段故事的比喻的意义是很明了的。伊童，春及荣茂之象征，被秋天（暴风雨巨人）以武力劫夺了去，当赞春之鸟（勃腊琪的象征）不在的时候。而她的回来，也只有和南风（洛克的象征）同时。青春苹果就是象征了发育荣茂的春之元气。

可是每一年中，春必得失去一次，这现象，北欧神话中却没有完备的说明。据一些零星断烂的诗歌，则谓伊童是在生命树之枝上坐着，一时晕眩，掉落到尼夫尔赫姆的深处，不能上来。奥定命勃腊琪、赫姆达尔，以及别的神，带了白狼皮，帮助伊童从寒冷的尼夫尔赫姆深处上来，可是伊童不肯动。她让神们把白狼皮裹在她身上，可是不动。勃腊琪猜想伊童是有大病，就请神们回去，他愿意独自在寒冷的地下伴着他的妻。在此时间内，勃腊琪无心弹琴。地上也再不能听见他的快乐的歌声。

这一故事是没有尾巴的。比喻的意思也是很分明。当春离了地面上，鸟的歌声亦不可复闻。但春总得再上来，这故事的尾巴却逸失了。

第九章　夏与冬之神

关于夏和冬的神，北欧神话中有矛盾的两说；在创造天地的神话中，谓奥定以 Svasud 的儿子为夏神，以 Vindsual 的儿子为冬神，都没有详细的说明（参看第二章）。可是古代北欧的诗人别有关于夏和冬的神话，而主宰夏和冬的神亦别有其人。

夏神就是为质于阿司加尔特的海洋及风神（总名伐娜，犹天上诸神总名亚息尔）们中间之一的涅尔特（Niörd）。因为他是风神及近岸的海水之神，所以涅尔特有他的宫在海岸边，名为奴欧通（Nôatôn）；他在那里使凶险的波浪（这是深海之神爱吉尔所激起来的）复归于平静。涅尔特又保护航海的商人和渔夫，因为他是夏神，而此二事业亦惟在夏季可行。

涅尔特被说成是一位极美貌的神，正当盛年，穿的是短的绿衫，冠是贝壳和海草所成，或作棕色的阔边帽，缀以鹰羽。

在北欧，农事只能在夏季，且常在峡江及内海附近，所以涅尔特又被视为稼穑之神。农民们向涅尔特祈求好收获。

据有些传说，涅尔特的第一妻是他的姊姊 Nerthus（她，在日耳曼，此又等于佛利茄，但在斯坎底那维亚，则为别一神）；自从涅尔特为质于阿司加尔特，就和妻分离了。涅尔特也是阿司加尔特的十二位正神之一，神们的会议他都列席。此外的时间，他都住在自己的宫里。他最爱的动物是鹅。

涅尔特的第二妻却是个女巨人。就是暴风雨巨人第亚西的女儿。

据说在神们救了伊童回来，而且用火烧死了化为大鹰追赶着洛克（他亦化为鹰，如上文所已述）的暴风雨巨人第亚西以后不久，阿司加尔特忽然来了位不速之客。是一个女子，自说就是第亚西的女儿，特来要求公道的。

虽然是老而且丑的暴风雨巨人的女儿，这位女巨人斯卡提（Skadi）却长得很美丽：银色的铠甲，发光的钢矛，尖头的羽箭，短小伶俐的白色猎衣，白的毛皮的裹腿，阔头的雪靴子。对于这样一位美丽的女巨人，神们也只能给她公道了，他们请与斯卡提和解。但是斯卡提不肯，一定要一命抵一命。她的冰霜似的白脸上，一点笑容也没有。洛克看见事情僵了，想先得斯卡提的一笑。他弄进一只猫来,做出许多滑稽的动作。神们都大笑了,斯卡提忍不住也扑哧地笑出一声。

乘这机会,神们就又力说愿意和她和解;他们说,对于她的已死的父亲,他们也颇敬重,所以特把他的一对眼睛放在北方天空成为一座星;他们指那亮闪闪的星给斯卡提看。最后神们就提议请斯卡提自己在众神中间择一人为丈夫。选择的方法是,神们都把布蒙了头面,却露出一双光脚,让斯卡提选脚,选中了谁的脚,谁就是她的丈夫。斯卡提也答应了。她选中了一双很好看的脚,她以为这对美脚的主人大概一定是巴尔特尔了,因为这位光的神的美脸先已引起了斯卡提的爱情。但是不料揭开蒙脸来看时,不是巴尔特尔,却是涅尔特这位夏与海之神。

斯卡提微觉失望,但也欢欢喜喜过了蜜月,和涅尔特同到海边的奴欧通宫。在这里,斯卡提却不惯了;波浪的声音,海鸥的鸣噪,时时打搅了她的清梦。她渴望回到北方的她的老家叔列姆赫姆。

涅尔特很爱这位美丽的妻,于是同意了和斯卡提到北方的她的家乡去住九天(那就是九个月),但是现在是涅尔特不惯了。寒风吹松林的凄声,冰澌雪崩,狼的叫嗥,也使得夏之神的涅尔特梦魂不宁。他渴盼着九天的期限过去,好再和斯卡提住在海边的他的奴欧通。

这样每十二天中，三天住在奴欧通，九天住在叔列姆赫姆，这一对儿都感到痛苦。结果，二人都知道嗜好不同的他们俩，无法相合，就同意离异。斯卡提此后便永远住在她的家乡，重过她从前打猎的生活。据又一传说，则谓斯卡提后又为奥定（半历史的奥定）的妻，生下一子，是为挪威王室的始祖。

这一段故事是说明了夏与冬之循环的。斯卡提，冬之人格化，冰霜的脸上没有一毫温和的笑容，但终于被象征了南风的洛克（他又是火之人格化）所引笑，且接受了涅尔特——夏的拥抱。然而她的爱情不能长于三个月——那是夏季。涅尔特和斯卡提同住在北方的九天——九个月，是暗示着"夏"离开了人间的九个月。夏与冬的循环，就这样有了原始的说明。

在这意义上，斯卡提是冬之女神。她是冬季旅行者的恩神。她指引着那些挣扎于冰天雪地的雪橇，使能安然到达目的。她又是猎神。她常被说成是带了弓箭，跟着一头像狼一般的伊司基模（Eskimo）种的狗。

北欧神话中又别有一位冬之神，却是男神；并且谓和涅尔特离婚后的斯卡提事实上又嫁给这位男性的冬神为妻。这位男性的冬神，唤作乌勒尔（Uller），是女神喜芙的儿子。他的父亲，北欧的古诗人从没提起过，猜想起来，也许是一个可怕的霜巨人，因为乌勒尔爱冷，常常穿了他的雪靴在满山跑。这位神，听说也是喜欢打猎的，每在冬季，他不怕冰和雪，在北方森林中打猎，身上穿了极厚的皮大衣。

视为猎神的他，常带着一张大弓，满袋的好箭；因为弓箭的好材料是紫杉，所以紫杉是他的爱木，他的居处就在紫杉最多的 Ydalir，终年阴森的一个地方。

视为冬之神的他，其地位仅亚于奥定。据说当冬季奥定不在阿司加尔特的时候，乌勒尔就僭窃了奥定的大位，且占有了奥定之妻佛利茄，正如先前讲过的尾利和凡的故事。但当冬季既过，奥定回来，这个僭窃者便被赶到了北方的不毛之地。

他又是有名的行动迅速的神。他的雪靴可以行陆，也可以行水。因为北方人的雪靴的形状很像一个盾，所以他又有绰号如"盾神"。决斗者每求他佑护，呼他的名。

据传说，则他娶了涅尔特的离婚妻斯卡提为妻，因为两人的嗜好相同，所以他们俩过得很和睦的。

他是冬神，所以雪是受他的命令的。人民祈求他降雪以期次年有好收获，因而他亦得相当的敬仰。照耀北方夜间的北极的极光，据说也是乌勒尔所降下的；因而又视他为光之人格化的巴尔特尔的亲戚。或谓他和巴尔特尔是患难朋友，因为两人都在每年的某时要在死之国的地下躲避若干时。但乌勒尔是在夏季往地下躲，而巴尔特尔则在夏末（那时日间的光阴渐短缩，这位光之神不得不往地下躲了）。

第十章　光明神及黑暗神

光明神巴尔特尔（Balder）和黑暗神霍独尔（Hodur）是奥定和佛利茄所生的一对孪生子。这一对孪生兄弟，在体格上性情上都是绝对相反：霍独尔——黑暗之人格化，是阴沉的，忧悒寡言语的，而又是盲子；巴尔特尔——光明之人格化，却是美丽，天真，愉快，他的金色和白脸时时像在放射光芒。使人人爱他，而他亦爱人人。

巴尔特尔发育得极快，早已被邀入列席于十二位正神的会议。他住在 Breida—blik 宫内，这宫内是白银的顶，黄金的柱，清洁光明，毫无纤尘。他的妻是孽泼（Nip,蓓蕾）的女儿南娜（Nanna,盛开的花），年青美丽而且爱娇的一位神。

但是不知从什么时候起，这位常是快活的巴尔特尔悒悒地不大高兴。他的蓝眼睛里的光彩消失了，脸色憔悴了，步武也滞重。奥定和佛利茄看见他们的可爱的儿子变了形，就质问他是什么原因。经坚问之后，巴尔特尔方说近来睡梦不宁，常常有些异常的威胁的噩梦来打扰他平静的灵魂，虽然醒时不能全忆，却使他心中填满了无形的恐怖。奥定和佛利茄也很感不安。佛利茄为预防计，就派她的侍女出去找宇宙间万物，要他们立誓不伤害巴尔特尔。因为光明是万物所共爱的，所以万物都立誓不伤害这位光明的神，只有伐尔哈拉宫外一株橡树上的寄生小草"槲寄生"是例外。但这草是这样的幺小柔弱，一定不能对于巴尔特尔有所损伤。

奥定却另有一种打算。他坐上了他的八足的神马斯莱比尼尔，经过了虹桥，直向尼夫尔赫姆的死之国去找长眠的女预言者法拉（Vala）去问休咎。当奥定经过冥王赫尔的宫外时，他看见宫中正铺陈了盛筵，似乎等待着什么贵客。奥定不管，直到法拉的棺旁，用鲁纳咒唤起那位长眠的女预言者。

法拉徐徐从棺中起来。奥定，假装是一个平常人，问她：冥王的盛筵是为了款待什么人。法拉毫不犹豫地回答：是为了巴尔特尔，他将为他的孪生兄弟盲子霍独尔所杀。奥定又问：谁将为巴尔特尔复仇呢？法拉说是地之女神林达将为奥定生一子名伐利（Vali），这孩子生下来后即不洗脸不栉发，直到报了巴尔特尔的仇。奥定的第三问是：谁将不哭巴尔特尔的死。这一问却起了女预言者的疑。她猛然一看，知道眼前的生客就是奥定，便再不回答，睡在棺材里，无论如何不起来了。后来世界末日到时，这女预言者伐腊方能从长眠中一醒。

　　奥定回到阿司加尔特，听得佛利茄告诉他，世间万物已经都立誓不伤害巴尔特尔，方才略一宽心。神们也都知道了佛利茄的预防计划已经成功。大家都很高兴，在游戏场中消遣。神们平日的心爱的游戏是掷金饼。但现在厌了，就利用那万物都不伤害巴尔特尔的消息来做一种新游戏。大家把各式各样的武器、矛、刀、石锤、箭，都向巴尔特尔掷去。因为万物都已立誓不伤害这位光明之神，所以这些武器到了巴尔特尔跟前便无故自坠或是向斜而去。神们哄笑着围绕这永不能打中的人靶子掷矛射箭。

　　正在自己宫里纺织的佛利茄也听见这笑声了。此时有一个老妇人走过，然而这老妇人却就是洛克的化身。洛克——火的人格化，早已暗暗妒忌着巴尔特尔这位光明神；因为巴尔特尔的光明掩过了洛克这火；并且巴尔特尔为人人所爱，而洛克却为人人所憎畏。现在对佛利茄的询及，洛克就说是神们的新游戏是怎样出奇。佛利茄很满意说：当然的，因为万物都立誓不损伤巴尔特尔，只有那伐尔哈拉宫外橡树上的寄生草，但这草太幺小柔弱，一定不能伤害了她的光明的儿子。

洛克探得了这个秘密，立刻就到伐尔哈拉宫外取这寄生草来，用魔法使其变为坚强而粗大，然后削成为一枝小棒。他拿这寄生草变的小棒，到神们游戏场中找到霍独尔。这位盲目的神独坐在树下并没参加游戏。洛克授以寄生草的小棒，劝他也去掷一次。霍独尔盲目地奋力一掷，这小棒儿不偏不歪，打中了巴尔特尔要害，就此杀了这位光明之神。

神们虽然用尽了能力，却不能使巴尔特尔复活。佛利茄坚要一位神到冥间去找冥王赫尔索回巴尔特尔的灵魂。这是一件麻烦的差使，神们都不敢去，后来是赫尔莫特愿意去了。于是奥定把自己的宝马八足的斯莱比尼尔借给了赫尔莫特。

这里，巴尔特尔的尸身移到了他自己的宫里。奥定命令诸神到森林中砍取最大的松树来，准备给巴尔特尔举行庄严的火葬。

神们砍倒了许多古松，带到海岸边，装在巴尔特尔的龙船灵舡（Rinhorn）的甲板上，火葬就要在这船上举行。巴尔特尔的尸身则盛装了，安放在那些积薪之上。按照着火葬的规矩，神们把各式的兵器、送葬的礼物，都搁在巴尔特尔尸旁。奥定的送葬礼物是他的魔法指环特罗泼尼尔，因为象征着光明的又是春天的太阳的巴尔特尔既死，则象征着"生产丰饶"的特罗泼尼尔当然与之俱亡。

神们又各各走到巴尔特尔尸旁作最后的诀别。当巴尔特尔的美丽的妻南娜过来的时候,她的心碎了,伏在巴尔特尔尸身上,也死了。于是神们就将南娜放在巴尔特尔旁边,准备一同火葬。他们又杀了巴尔特尔的马和犬,将棘枝围绕了积薪。

一切都妥当,火葬船的灵舡须得下水了。可是为的积薪和殉葬礼物太多太重,神们全体的力量也不能推动这条船。在山上观看的巨人们乃说他们知道有一位名为希尔洛金(Hynrrokin)的女巨人能够推动。于是神们乃请暴风雨巨人们中间一个去招希尔洛金来。船下水了,敉耳举锤(那是仪式)发火,积薪俱焚,船像快箭似的冲开海水而西去,满海耀着火光。船愈去愈快,到了西方的水平线,将天空和海面都映成赤色,然后像一轮火球似的,巴尔特尔和他的灵舡都没入海中不见了。接着是黑暗包围了大地,神们回阿司加尔特去。

失去了光明和快乐的阿司加尔特,到处是凄惨的景象。只有佛利茄怀着希望。她盼望赫尔莫特赶快回来,报告使命的成功。经过了许多困难的赫尔莫特此时也到了冥国了。他找见巴尔特尔垂头丧气坐在那里,南娜紧抱住他。赫尔莫特把来意告诉了巴尔特尔，不料这位神却摇头说，他知道命运如此，非得在此冥国住到最后世界末日到来时是不能出去了。但是他却劝南娜一同回去。南娜抱得更紧些，说没有她的可爱的光明的丈夫，她不愿住在世上。

赫尔莫特直去见冥王赫尔，请求释放巴尔特尔，冥王赫尔静静地听完了赫尔莫特的陈述，最后方说，如果地上万物，有生及无生，均为哀悼巴尔特尔而堕泪，那就可以放回巴尔特尔了。

这个条件虽似苛刻，但赫尔莫特却高兴极了。他知道巴尔特尔为万物所爱，一定万物都愿为巴尔特尔下泪的。于是他就再回阿司加尔特，带了巴尔特尔送还给奥定的那个魔法指环特罗泼尼尔，还有南娜送给佛利茄的一条绣花地毡，送给福拉（她是佛利茄的第一侍女）的一个指环。

阿司加尔特的神们得了赫尔莫特的报告，立刻派出无数使者，自南自北，自东自西，宣示这条件。使者们经过的地方，树木花草都下泪了，土地也为了哭泣而潮湿，即使是石及五金那样坚硬的心，也掉下泪点来。但使者们向阿司加尔特归去的途中，看见一个大穴，深黑无底，女巨人的庞大的身体正从穴中出来。这个女巨人名为琐克（Thok），或说即是洛克的化身。当使者们向她要求一点眼泪的时候，她讥笑使者们，钻进了洞里去，说她决不为巴尔特尔洒一点眼泪，而且她希望冥王赫尔永远不放巴尔特尔回来。

所以巴尔特尔终于不能回来。但女预言者的预言是必得应验的。当奥定达到了以林达为妻的目的时（这个故事将在本章后面详说），林达生一子名伐利，这个孩子一生下来就拿弓箭射死了黑暗之神霍独尔，为巴尔特尔报了仇。

这就是光明神和黑暗神的始末。这个故事的意义是很明白的。光明神的巴尔特尔一方又是象征了太阳的，巴尔特尔的死后火葬就描写着太阳的西没。巴尔特尔之必然地为霍独尔所杀，也暗示着白昼之必然地继以黑夜。洛克象征了火，和天上的自然的光明是相对的，所以洛克妒忌着巴尔特尔。树木花草以及石头所洒的眼泪是象征了冬过后的春之先驱的潮湿。琐克是"煤"，她住在地下，不需要光明，所以她独不下泪。巴尔特尔及南娜在冥世托赫尔莫特带给奥定和佛利茄的东西，是象征了虽在严冬之时，春之苏醒的消息已经先来；指环特罗泼尼尔是"生产丰饶"的象征，而南娜的绣花地毡则暗示了布满花草的地面。

又在道德的意义上，则巴尔特尔是代表了善的势力，霍独尔代表了恶的，洛克却是"诱惑"；由于"诱惑"的从中作祟，恶势力倾覆了善势力。

为巴尔特尔报仇的伐利，是象征了渐长之夏日的神。是林达和奥定所生的孩子。伐利是生长得很快的，在一天之内，他就已长成，没有洗过脸，也没有梳过头发，就拿了弓箭，射杀了黑暗的盲目神霍独尔。他也是阿司加尔特的十二正神之一。他的简短故事是说明了阴暗的长冬以后新的光明的再来。在"神之劫难"以后，老神们都死了时，伐利又是"宇宙重光"后的神。

奥定恋爱林达的故事也是北欧神话中说明寒暑循环之自然现象的许多故事中间的一个。据《大厄达》所记，则林达的故事如下：

罗塞纳司（Ruthenes，即俄国）国王别林（Biling）只有独女名林达，虽已到了出嫁的年龄，却不肯选择夫婿。别林的国境正在受人侵凌，别林太老了，不能打仗，又没有可信托的勇士，因此别林颇为忧虑。一天，别林宫里忽来了一位生客；穿灰色的外套，戴一个阔边的帽子。这人就是奥定，为了要得林达的爱而来的。他替别林带兵，打败了敌人，请得林达为妻。别林是答应了，可是当奥定（人们并不知道是奥定）在林达面前说出他的意思并且想要和她亲嘴的时候，林达在这位求爱者的脸上很重地打了一下，就跑走了。

奥定第二次假装为一个银匠，再到别林宫里。他用金和银铸成了各种精巧的装饰品献给别林，但是他不要别的报酬，只愿得林达为妻。结果，他又吃了林达的一下很坚实的耳光。

  第三次，奥定变形年青的武士。不料林达也不爱少年，很粗暴地推开奥定，竟使他跌了一跤。这把奥定也激怒了。他取出鲁纳文字的神咒来，对林达戟指，林达就昏倒。当林达再醒时，青年武士已经不见，林达成为失心狂。医生们都没有办法。后来有一个自称为伐客（Vecha, or Vak）的老妇人说是能医林达的病。但这老妇人实在又是奥定，他先给林达用热水洗足，继而说要治林达的病，须得一间密室，而且须把林达手足束缚；这样，奥定就强迫林达做了他的老婆。

  在这里，林达是冻硬的大地的人格化，坚执地拒绝了太阳（奥定的象征）的拥抱。但在春雨来了时（那是林达的热水洗足），冻地也回春，从寒冰下解放出来，受了太阳的拥抱。于是渐长的夏日——伐利，也出来了。

第十一章　稼穑之神佛利

佛利（Frey），是涅尔特的儿子，生于伐娜赫姆，所以他实在是伐娜司族，即海洋与空气之神之族。可是当他和他的父亲到阿司加尔特为质的时候，阿司加尔特的神们就很欢迎他，给他美丽的奥尔夫赫姆（Alf-heim，小仙们之家），管理那些蝴蝶似飞舞在花草间的小小的白侏儒。

佛利是夏天的金色的太阳光及温暖的夏雨之人格化。他是施福惠于人类的；他管理下的白侏儒也是对于人类有益的小小的东西，他们帮助花草生长繁荣，又指挥蜂蝶如何工作，他们受了佛利的命令，尽力去做有益于人类的事。

阿司加尔特的神们又送给佛利一把刀；这是无敌的如意的刀，是太阳的光线的象征。佛利用这把刀，常和霜巨人作战，因为他之仇恨霜巨人，不减于雷神荍耳。

地下善工艺的黑侏儒曾送给佛利一只金毛的野猪（我们总还

记得萩耳之妻喜芙的金头发被洛克所窃的那件故事）。这野猪的金毛，一方面是象征了金色的太阳光线，另一方面则象征了地面五谷的成熟。因为佛利是命令五谷生长成熟的神。野猪（为的它能用唇掘地）又被视为始教人类以稼穑的。在这意义上，佛利是稼穑之神。他的侍者是一对夫妇，被视为肥料之神。

佛利有时不骑野猪，则以它驾一金车；车中满载的，是果实和花，他们很慷慨地将这些撒播到地上。

除金毛野猪而外，佛利又有名为勃洛特格霍非（Blodug-hofi）的好马，和神船斯刻特勃拉特尼尔；这船也是黑侏儒所造的（这里，我们又得回过去想想萩耳之妻喜芙的美丽头发被窃的一件故事），能行于空中，也能行于水面，并且无往而不遇顺风，大可容全体神们和他们的马，折叠之又小到可以藏在衣袋内：这是云的象征。

佛利的妻是霜巨人吉密尔的女儿葛尔达。据《厄达》，则谓有一天，佛利偷坐上了奥定的宝座，向冰冻的北方瞭望，看见一个极美的青年女子走进霜巨人吉密尔的茅屋。这女子有一头极好看的金黄头发。她的焕发的容光，简直照亮了冰冻的北方的天和海。

佛利爱上了这个女子了。但当他知道她是霜巨人吉密尔的女儿，而又是被神们所杀的暴风雨巨人第亚西的亲戚，佛利便知道他的恋爱总是不能成为事实的了。

相思使人憔悴，神的佛利竟也不是例外。他的父亲涅尔特忧之，使从者斯吉涅尔侦求其故。经了斯吉涅尔的固问，佛利方始说出了衷情。斯吉涅尔请借佛利的马和刀，到北方去做媒。佛利都答允了。于是斯吉涅尔带了十二枚金苹果、魔法指环特罗泼尼尔，又摘取了涧水中所映出的佛利的面影，就到北方去了。

他跳进了霜巨人的家，见着葛尔达，就先奉上金苹果、指环和佛利的面影。可是葛尔达都拒绝了。斯吉涅尔乃掣出宝刀来，葛尔达仍旧不怕。斯吉涅尔最后只好用魔法。他用手杖划出鲁纳文字的咒，说如果葛尔达不答允佛利的求婚，将永远孤守空闺，或者嫁一个老而且丑的霜巨人。这却使得美丽的葛尔达恐惧了，答应在九天以后的夜间在绿地蒲利和佛利相会。

在这故事里，我们又看见"冻的地如何又能回暖而生长植物"这自然现象的解释。葛尔达是"冻地"的人格化，她和林达一样坚拒了温暖的阳光的拥抱而最后终于接受了。佛利不得不等待的"九日"就要象征着冬季的九个月。

但或以为葛尔达是北极的极光的人格化。

佛利在北欧也是很受崇祀的一位神。因而半历史的佛利也产生出来了。据斯诺里（Snorri Sturluson）的《挪威古史》[①] 所载，则佛利实为继半历史的奥定与涅尔特之后的一个国王。

在日耳曼及斯坎底那维亚各处，佛利有许多不同的称呼；在丹麦被称为佛罗提（Fradi），也被视为半历史的国君。据说佛罗提曾得一魔法的磨子，能依人之意而磨出各种物事。佛罗提使二女巨人推磨，生产了"金子""丰饶"和"和平"。但因佛罗提贪得无厌，不使二女巨人休息，她们乃思复仇。有一夜，她们在推磨时不唱"金子""丰饶""和平"，而唱"战争"，于是引来了海盗，将睡梦中的丹麦人杀尽。海盗又劫二女巨人及磨具去，载在他们的船上，吩咐二女巨人磨出盐来。因为盐在当时价贵。海盗的残酷不下于佛罗提，二女巨人亦不得休息，盐产过多，遂沉覆了船。因为沉在水里的盐实在太多，所以海水从此成了咸味。

这个故事是解释海水何以味咸的，虽然佛罗提就是佛利的一声之转，可是这位丹麦的半历史的佛罗提在性格上已经和佛利不一样。古代的传说大概都是这样混淆错乱的。

[①] 《挪威古史》，又译《挪威王列传》。

第十二章　森林之神尾达尔

尾达尔（Vidar）是奥定和女巨人葛利特（Grid，物）所生之子。葛利特居于旷野之穴中，古诗人没有说明她是属于何种的巨人族；但这个尾达尔却是被视为不灭的自然力之人格化，或原始森林之神。他又称为"沉默的神"。在"神之劫难"以后，尾达尔又是继承为宰御新宇宙的神。

尾达尔的居处在广大无垠的原始森林之中心，名为兰特尾提（Land-vidi，广土）；在这里有的是永久的沉默与寂寞。

尾达尔的状貌，据说是高大、硕壮、美丽；穿甲，带一把阔背的刀，穿一只铁的或革的靴子。有些神话学者说尾达尔的靴子是铁的，因为他的母亲知道他将永远与火斗争，所以特为他制铁靴子以防火，正如她自己有借给敖耳的铁手套（我们应该还记得敖耳去拜访巨人盖劳特的时候，没有带武器，半途遇见了女巨人葛利特借给他铁手套的事）。可是另有些神话学者则谓尾达尔的靴子不但是革制的，而且是北欧靴匠们所弃的零碎革条所凑成的。北欧的皮靴匠常常多弃革条，说是给尾达尔做靴子。

尾达尔到阿司加尔特的时候，神们都很欢迎他，请他住在凡尔哈拉宫。奥定带他到乌尔达尔圣泉旁，问三位命运女神以将来的休咎。据命运女神说：尾达尔将来在"神之劫难"时可以不死，并且克服了他的一切敌人以后，将为新宇宙中的神。奥定和葛利特都很高兴。但是尾达尔不出一声，慢慢地回到了他自己的兰特尾提宫，坐在那里，始终不作声。他是沉默得和一座古坟一样。

后在"神之劫难"到来了时，芬利斯这狼（我们在第六章内讲到过这条大力而且狡猾的狼），既然吞食了奥定，且转而张吻向尾达尔的时候，被尾达尔一足抵住了芬利斯的下颚，两手撑住了芬利斯的上颚，恶斗之后，终于把狼撕为两半。神话学者只说起尾达尔的一足和一靴，所以尾达尔大概是独脚。不过为什么独足，则无可考了。

第十三章　海洋诸神

在北欧神话中，正式的海神是爱吉尔（Aegir），他是深海之神，和那位夏神而兼视为近海之神的涅尔特是二族。他是既不属于天上诸神的亚息尔族，又不属于近海及风诸神的伐娜族，而为独特的一族，以波涛汹涌的深海为他的领土。

他管领着海中的风涛，是一个老人，有长而白的头发及胡须。当他到波面来时，他追逐海船，颠覆了，拉它们到水底的他的宫里。

他的妻是他的姊姊澜（Ran，义为强盗）。这位女神的惟一消遣法是在危险的礁石旁撒下了她的网，捕取往来的船只；她是和爱吉尔一样地贪婪而残忍。澜又被视为海洋中的死神；凡溺死于海中者，都被澜带下去，她有像伐尔哈拉一样的宫，专款待那些死者。因为她是很贪财的，所以溺海者必带些金子在身上，说是可以献给她，得她的欢心。

爱吉尔和澜生了九个女儿，名为扬波之女；她们都是雪样白的胸脯和臂膊，深蓝的眼睛，柔软妖娆的身体。她们喜欢在水面上游戏。她们穿透明的青色的，白色的，或绿色的纱衣。有时她们的游戏成为恶闹，则互相掙头发，撕衣服，猛冲在礁石上，疾声呼号。但是除非她们的哥哥——风，先出来，她们是不出来的。

这九个女郎又常是三人一组地出来；她们常常追随在尾金（维京）的船旁，帮助他们达到目的。

因为海给北欧人的危险和损失很多，所以这海神爱吉尔及其妻澜，是北欧人所不喜欢的神。

除了这两位主要的海神而外，又有次要的海神，都是有一个鱼的尾巴的；这一类中，女的名为昂腾司（Undines），男的名为司托洛姆卡尔司（Stromkarls），尼克息司（Nixùs），或南克卡尔（Neckar）。在中世纪时，北欧人相信这些小神常常到陆上乡村中游戏。有时他们坐在岸旁，梳他们的金色的或绿色的长头发，弹他们的竖琴。他们都是无害的快活的海洋神。

更次等的海神是鲛人。有许多故事讲到女鲛人如何变了鹅或海鸥。她们常把她们的羽衣留在沙滩上，如果人们拾得了，就可以强迫那美貌的女鲛人做他的老婆。

此外又有居住在大河里的女神名为罗莱吕（Lorelei），因为据说她们常坐在罗莱吕礁石上，故得此名。她们都是会唱歌的女郎，常常用她们的销魂的歌声引诱水手们迷乱而投入水中。

据许多传说，罗莱吕们是莱茵河神的女儿，白昼潜伏水底，夜间出来高坐在礁石上，瞭望往来的船只。她们的迷人的歌声随风吹入船上水手的耳中，可怜的水手们便会迷失了本性，忘记了工作，直到他们的船撞在罗莱吕礁上粉碎而死。能够逼近着见这些女郎们的，据说只有一个青年渔夫，他每天抛网的时候，常见一个美丽女子唱歌，而且指点他应该在何处抛网可得更多的鱼。后来这渔夫忽然失踪了。大概是被罗莱吕拉到水底下做了永久的伴侣。

又据另一传说，则谓曾有兵围住了罗莱吕礁，想捉这些太会恶作剧的女郎。可是罗莱吕女郎念了咒，所有船上的兵士都动弹不得。然后莱茵河水分开了，深可见底，有一辆绿车，驾以白马，迎诸女郎下去。河水就又复了原状，兵士们也都能动了，可是女郎们已经没有影踪。据说从此以后罗莱吕礁上不再见这些迷人的唱歌的水神。

第十四章　美及恋爱之神佛利夏

佛利夏（Freya），北欧的美及恋爱之神，是涅尔特的女儿。在日耳曼，她和佛利茄混为一人，在挪威、瑞典、丹麦及冰兰，她是独立的神。

当佛利夏和她的父亲到阿司加尔特为质的时候，神们惊羡着她的非凡的美色，立刻将复尔克范格（Folkvang）之地及一座大宫色斯灵尼尔（Sessrymnir）给她住。这宫是非常之大，能够容受佛利夏的军队一样多的客人。

虽然佛利夏是美色及恋爱的女神，可是并不专指着女性的美和儿女的爱情。她有极纯正的阳刚的性格，她领导着凡尔凯尔们（想来我们不会就忘记了这些白臂膊的驰逐于战场的女郎们）到战场上挑选战死的勇士，一半的勇士是归她带去安置在她的色斯灵尼尔大宫，这里的一切待遇和奥定的伐尔哈拉宫相同。除了这些战死的勇士而外，世间纯洁的女郎及忠实的妻，死后亦得入此色斯灵尼尔大宫，与所爱者团圆。这种生活是北欧的英雄的女子所醉心的理想生活，因希望入此宫而殉夫的女子，据说在古代的北欧是很多的。人们关于恋爱的祈求，也是佛利夏所常常留心听取。她常常尽力撮合那些恋爱着的一对儿。

因为是代表英雄的阳刚的美，佛利夏的上半身是战士的装束，金铠，戴盔，执盾与矛，下半身方是平常女子的装束。

佛利夏也被视为大地之人格化（北欧神话是用了许多女神以代表大地之各方面现象的，我们已经说过很多，现在这里又是一例）。在这意义上，所以她的丈夫是象征了夏天的太阳（北欧神话又常用许多男神来象征太阳在四季中的各现象；夏天的太阳除已有伐利及佛利象征过，此又为一例）的奥度尔（Odur）。佛利夏很爱她的丈夫，生二女，一名 Hnoss，一名 Gersemi。因为是极可爱的两个女孩子，所以她们俩的名儿也就成为一切可爱可贵之物的通称。

但是奥度尔的爱情却是没有那么专挚。和佛利夏同居久，奥度尔厌了，忽然出门漫游，不知所往。佛利夏孤寂地守在家里，伤心坠泪；她的泪水滴在石上，石为之软，滴在泥中，深入地下化为金沙，滴在海里，化为透明的琥珀。

经过了许久时候，不见奥度尔回来，佛利夏自己出门寻访；她走遍了世界各处，且哭且寻，因此世界各处地下都有黄金。

后来终于在阳光炫耀的南方的安石榴树下，佛利夏找见了奥度尔，那时佛利夏的快乐和新妇差不多。为纪念这安石榴，北欧的习惯直至现在，新嫁妇是戴着安石榴花的。

奥度尔又被视为"热情"或"恋爱之肉的快乐"之象征；这便是佛利夏所以追逐而不舍的缘故。

佛利夏当然是极喜欢首饰的。她从黑侏儒处得了一根黄金的颈链，更增加了她的美丽。她这金链是不离身，只借给过荻耳一次（荻耳乔装为佛利夏的事，想来我们还记得），恶神洛克曾经设法要偷这金链，幸而得守望神赫姆达尔看见了。

鹰毛的羽衣也是佛利夏的一件法宝。披这衣时，可以变为鸟。这件衣，曾经屡次借给洛克。

佛利夏常和她的哥哥佛利同车出去，很慷慨地撒播佛利的金车里的花果到世间。可是佛利夏也有她自己的车子。驾车是两匹猫。据说这象征了柔和与肉感的猫，是佛利夏的心爱的动物。

虽然佛利夏的正式丈夫是奥度尔，可是和她发生过恋爱关系的却很多。自神们以至巨人、侏儒都渴想要得佛利夏为妻。她的金链似乎也是用爱来换得的。可是佛利夏不喜欢巨人。叔列姆偷了菽耳的雷锤,要得佛利夏为交换,虽然菽耳亲自去求,佛利夏却坚决不肯。至于神们,正如洛克骂佛利夏的话,都曾和佛利夏有过肉体关系。

第十五章　真理与正义之神福尔塞底

真理与正义之神福尔塞底（Forseti）是光明神巴尔达尔和南娜所生的儿子，是神们中间最聪明正直而且善于雄辩的一位。当他生后，神们就举他为十二位正神之一，且以为真理及正义之神。他的宫名为格利忒尼尔（Glitnir），银顶金柱，远远地就可望见。

他每天听受神们及人类的诉讼，定判决词。他是很公平，又善辩论，所以他的判词没有一个人不心服；在他面前所起的誓，没有人敢背叛，如果背叛了，就要受到他的正直不私的处罚——死。他又是立法者。据说北欧人最初的法律是这位神所订定的。关于这点，有传说如下：

古先的佛里斯兰人（Friesians）[①] 要创造一种大家共守的法律，特举了十二位最聪明的长老办理这件事。这十二位长老搜集

[①] 佛里斯兰人，通译弗里斯兰人，荷兰北部的古条顿人。

了各部落及各民族的习惯风俗，作为法典的基本材料。这一步工作既已完成，十二位长老乃驾一小船，想找一个清静的地点，细心研究那些材料。可是他们的船刚刚离岸，暴风雨就来了，小舟被吹入海中，迷了方向，十二位长老也失却驾驶的能力。

于是这战栗的十二位祷告福尔塞底乞援。突然他们看见他们中间多出一位，成了十三个了。这生客没有说一句话，坐在舵位上把舵，向波浪最高的地方前进，却是不多时，就到了一个岛上。生客就离船上岸，十二位长老也跟了上去。生客又取战斧击地，绿草中立刻喷出一缕清泉。生客饮泉，十二位长老也学他的样。于是他们都在草地上坐下。十二位长老开始审视这位生客，觉得他和他们十二个每人都有点相像，却又实在是另外一个人。

突然生客发言了。他的话语始而徐缓，继而渐快渐兴奋。他在口述一种法典，很周到很巧妙地包括了十二位长老所搜集的各部落各氏族现有习惯风俗之一切优美点。当说话完时，这位生客忽然不见了。十二位长老始知这生客就是福尔塞底亲自来为他们订定法律。于是他们呼这小岛为福尔塞底岛（神圣的岛），永远为北欧人所敬视。即尾金们亦不敢侵犯。

重大的裁判，时时在这"神圣的岛"上举行。裁判官先必须饮岛上的泉水，以纪念这位真理和正义之神。这泉水亦被视为神圣，曾饮此水的牛羊亦不得再杀。

据说福尔塞底只在春夏秋三季裁判,所以北欧人在冬季不举行裁判;他们以为阴沉黑暗的冬季是不宜于光明正直心之存在,所以裁判是不适宜的。

在阿司加尔特的许多神们中,只有福尔塞底似乎与"神之劫难"无关;他不曾参加神之最后一战。

第十六章　命运女神

北欧的命运女神总名诺伦司（Norns），不是神们的隶属，也不是神们的同僚；不是的，诺伦司的判词就是神也得服从的。她们决定了神的命运，也决定了人类的命运。

诺伦司是姊妹三个，大概是巨人诺尔尾（Norvi）的后代；这个诺尔尾就是女神诺忒（夜）的父亲。当神们的黄金时代告终，罪恶渐渐发生在这宇宙间，甚至阿司加尔特也不免的时候，诺伦司三姊妹就在大白杨树伊格特莱息尔（生命之树）左近出现，而且选定了她们的居处在乌尔达尔泉——这就是神们天天会议的所在。据有些神话学者之所说，则诺伦司三姊妹的职务是以将来的罪恶警告神们，吩咐神们善用现在，而且告诉神们以全部的过去的经验。

这三姊妹名为乌尔特（Urd），浮尔腾第（Verdandi），斯古尔特（Skuld），代表了过去、现在、未来这三时间。她们的主要业务是：织造命运之网，每天从乌尔达尔中汲水来浇灌生命之树，并在树根上壅培新土，务使这圣树永久新绿而活泼。或谓她们尚有一工作则为看守那些挂在生命树枝头的青春苹果，只许伊童来采，不许别人来偷窃。

诺伦司三姊妹又饲养一对鹅，这是世上鹅的始祖。有时，诺伦司她们亦自己化为鹅到地上来游戏，像鲛人似的在各种湖沼河川中泅泳，时时将未来的事指点给人类。

诺伦司三姊妹有时织了很大的命运网，一端起于极东的高山，又一端则入于极西的西海。网的线很像羊毛，颜色是随时而不同，如果有一条自南而北的黑线，那就是死丧的表记。三姊妹投梭织造的时候，常唱一种庄严的歌。似乎她们并不是依了自己的意志而织造，却是盲目地在遵从着执行着 Orlog 的意志，Orlog 是宇宙间的永在律，最古老且最高的力，无始而亦无终的。

三姊妹中的乌尔特及浮尔腾第是好性情的人，至于第三位，斯古尔特，脾气却不大好，常常把快要完成的手工撕得粉碎，抛在空中随风飞散。

因为三姊妹是代表了时间之三态的，所以长姊乌尔特是老而衰颓，常常向后回顾，似乎念念不忘过去的什么人和什么事；二姊浮尔腾第则正在盛年，新鲜活泼，勇敢，目光直向前面；至于斯古尔特这老三呢，通常是密密地躲在面网里，不示人以真相，脸向着的方向，和乌尔特相反，手里拿一本书或一卷纸，都是不展开，是表示未来之神秘不可得知的。

每天有神们找这三姊妹谭话，问以各种事情，求她们给以指点。甚至奥定自己也常到乌尔达尔泉边听这三姊妹的忠告。除了关于众神及奥定自身的命运，诺伦司们是有问必答的。

和诺伦司有关系的传说，以诺伦那格司泰（Nornagesta）的故事为最有名。这故事的梗概略如下述：

有一次，诺伦司三姊妹闲游到丹麦，在一个贵族将生第一子的时候，她们进了这贵族的家。她们直入产妇的卧房，第一诺伦司许初生之婴孩将美丽而勇敢，第二诺伦司许以将成大富人与大诗人。第三诺伦司未及言，而贵族之邻人已闻此奇迹，蜂拥而至，挤满了一室，竟粗暴地将第三诺伦司推下了坐椅。

于是此老三怫然不悦，站起来说，她的二个姊妹的慷慨是徒然的，因为她将给这新生的婴孩的生命只和床前的小蜡烛一样长。

小蜡烛业已燃烧过半，眼见得摇摇要烬了。

母亲抱住了婴孩，心也碎了。第一诺伦司不愿自己的允诺被这样取消，而又无从使她的妹子的话语收回效力，乃取此小蜡烛吹熄之，递给那母亲，吩咐她宝藏着，等到将来一天她的儿子活得厌倦了时，再取出来燃完。

为的纪念诺伦司，这个孩子就定名为诺伦那格司泰。母亲谨藏着那半截短烛。诺伦那格司泰美丽勇敢，大富且为大诗人，一一如诺伦司所言。既长成后，母亲乃以生命所关的残烛给他，告以原委，藏于他的琴中。

诺伦那格司泰老了，却并不厌倦生活；他的诗人的心常常是在青年时期，勇敢而且活泼。他活了有三百多年，直到奥尔夫国王强迫人民信奉基督教的时候，还没厌倦生活。奥尔夫也强迫这位老诗人受洗礼；且为的要给人民看，诺伦司的预言是不足信，又强迫诺伦那格司泰取出那宝藏了三百多年的残烛来燃烧，不料烛烬时，诺伦那格司泰也倒在地上死了。

即使是在基督教时代，运命的权力还是不可动摇的。

诺伦司有时亦称为法拉（Vala），或女预言者。预言这种神秘的能力，在北欧人看来，是女子所独具的。法拉们的预言有至高的权力，且不能询其理由，相传罗马大将特鲁苏司（Drusus）曾遇一个法拉，告以不可渡爱尔白河，后来特鲁苏司果遇反攻而大败。

法拉又曾预言特鲁苏司的死期，果然不久他堕马而死。

这些女预言者又名为 Idises, Dises, 或 Hagedises, 大都住于森林中或古墓中，而且常伴着侵略的军队。她们骑马在先，鼓励战士们冲锋，她们从俘虏身上吸取血液。

北欧人又相信每一活人必有一指导的灵鬼名为 Fylgie, 伴着他终生，此灵鬼或为人形，或为兽形，除在将死之时，不可得见。

诺伦司的比譬的意义是很明了的，但有些神话学者仍将这诺伦司认为原始人之自然现象的解释，以为诺伦司是空气的象征，她们所织的网是云，而撕破的网则为被飘风所吹散的云。又有些神话学者则谓第三诺伦司的斯古尔特是死神或冥王赫尔之化身，又有谓斯古尔特亦为凡尔凯尔之一。

第十七章　火神或恶神洛克

我们已经讲到关于洛克的许多故事。这位"神",在一般地说来,是象征了宇宙间的恶势力,可是北欧人又给与他别种的性格,所以弄成了很复杂。

最初,洛克不过是灶火(别于雷这"天火"而言)的人格化。火是能为人福,亦能为人祸的;洛克亦然。他的行动,最初是善恶兼半,并且他的恶亦非出于故意,只是"无心之恶"而已。这时的洛克是一位神。

但后来,洛克的"无心之恶",渐渐成了有意为恶;他成为神与魔的混合品,那时候,洛克便成为代表了恶势力的"神"了。最后他成为阿司加尔特的叛徒。

当洛克还是为善的神的时候,他又象征了"生活的精神";但当他后来成为恶神的时候,他又象征了"生活之诱惑"。

和蒴耳对照着,则蒴耳是北方人的活动的象征而洛克是消遣的象征。蒴耳曾和洛克有过一时的结伴,就是北欧人认知了"活动"和"消遣"在生活上都是必要的。蒴耳常是诚恳的,忙于工作的,洛克则对各事都以游戏态度出之,终至于成为喜欢作恶的习惯,成为只知自私与诈谲。

洛克所代表的恶是世上最普遍而且在先并不大使人嫌恶的尖刻狡猾和爱开玩笑的恶。因此,洛克最初仍为阿司加尔特神们所容纳,并以为会议中之一人,且又不幸常听从他的提议。

关于洛克的身世,北欧古代的诗人就有多种的说法。或谓他是奥定的弟兄,或谓并无亲族关系。据这一说,则洛克还是奥定出生以前的"神",就是宇宙间最原始的物质的人格化;他是冰巨人伊密尔的儿子,他的兄弟是卡利(Kari,空气)和赫勒尔(Hler,海),他的姊妹是可怕的海之女神澜(这是上面已经说过的了)。据这说法,洛克是被视作原始的"地下火"的。但别的神话学者则又有第三说。这以为洛克是巨人勃尔格尔密尔(这个霜巨人的始祖,我们在第二章中也提到过名字)的儿子,勃尔格尔密尔是在伊密尔被杀后流血成洪水时惟一的幸存者。

洛克的第一次结婚是和古洛忒(Glut,炽热),生下两个孩子:Eisa(余烬)和 Einmyria(灰);都是女的。现在斯坎底那维亚的家主妇们看见燃旺的木柴在灶中爆响，还说是洛克在打他的孩子。他的第二次结婚是和女巨人安古尔蒲达，生了三个可怕的儿子，一是狼芬利斯，一是大蛇俞尔芒甘特尔，又一是死神赫尔。这都是先前讲过的了。他还有第三次结婚，是和西强音（Sign），生了二子，娜尔弗（Narve）和法利（Vali）。

洛克既被视为恶神，北欧人是只有畏惧，并无敬奉，所以他没有庙祀。在他是象征了火的这一面，他有时又被视为代表了夏天的太热的太阳光；农人们常称大热天为洛克种橡实，亦谓日光晒干了水为洛克在喝水。

洛克的故事常渗杂在别的神们的故事中，我们已经说过许多，现在只把他的独立故事略述如下：第一故事还是说好的方面的洛克，第二故事则叙及洛克的结局。

巨人斯克尔姆司利和一个农夫赛棋，巨人赢了。他们本来赌得有彩，现在巨人就要取去他的彩——农夫的独子。可是因了农夫的要求，巨人允许宽限一天，让农夫将那孩子藏起来，如果巨人找不到时，事即作罢。

农夫乃祈求奥定帮助他。奥定在天上听得了，就亲自下来，将农夫的孩子化了一粒麦，藏在大麦田中的一枝麦穗上。

次日，巨人斯克尔姆司利来了。在农夫的屋子里找不到那孩子，巨人拿了一把大剪子就往外跑。到了麦田中，他用剪子分开那些麦秆，终于被他找到了奥定藏着孩子的那枝麦穗，就剪了下来。奥定在天上早已看见，赶快从巨人手中抢下那孩子变的那粒麦，仍还原为孩子，交给那农夫，说是他——奥定已经无能为力。

巨人又宽限一天，再给农夫一个同样的机会。

这次，农夫祈求海尼尔的帮助了。海尼尔将那孩子变为池中一只鹅的胸前的一根细绒毛。可是巨人斯克尔姆司利在又次日来时，看见了这只鹅，就猜到其中的把戏，立刻把鹅头颈咬下来，如果不是海尼尔手快，则变化为绒毛的孩子早已跑进巨人的大肚子去了。海尼尔把孩子还原为原形，交给农夫，也说他没有办法了。

于是巨人第三次宽限，再让农夫试试第三次的机会。

农夫现在只好向洛克祈求了。洛克将这孩子带到远远的海边，将他变为小小的鲽鱼肚子的一粒小小的卵。但是他知道巨人的厉害，就在海边等着。巨人果然来了，手里拿着钓具。洛克紧跟着。巨人钓了一会儿，钓起一条鲽鱼来，恰就是藏着农夫那孩子的一条。巨人剖开了鱼腹子，在无数的鱼卵中找了半天，居然又找着农夫孩子所变的那一粒。

洛克情急，便从巨人手里抢过那粒卵子来，立刻还原为农夫的孩子，使他快跑，并命令他须穿过那边的一个船库，而后随手将门带上。

巨人斯克尔姆司利也立刻跟在后面追。当他也跑进那船库的时候，不料他的头却撞着了洛克预先埋伏着的一支橛，便跌倒在地上。乘这机会，洛克赶快砍断了巨人的一条腿。但是断腿自己能动，移到巨人身边又将接上了。洛克也是行家，知道这是魔术，便赶快再砍断巨人的另一条腿，在断腿与本身之间投下了铁片和火石。这便破了巨人的魔法。

巨人既被杀，农夫的孩子又得安全。农夫从此以为洛克是最有本领的神。

第二故事中的洛克充满了恶作剧的诈谲，结果是使阿司加尔特的神们在天上流血，促近了"神之劫难"的到临。

虽然神们有了那神奇的虹桥皮乎洛司忒，又有可靠的神桥守望者赫姆达尔，可是神们还觉得不够，深恐一旦霜巨人们杀上阿司加尔特来。他们打算再建造一座堡。当他们正在计议如何建造的时候，来了一个面生的建筑家，愿意承造这座堡，如果神们能以日月及美神佛利夏为报酬。神们大怒，以为这个建筑家太狂妄了。但是洛克提议，不妨姑且答应那建筑家的要求，但也要给他最严酷的条件：一是须在冬内完工，二是除了建筑家和他的马斯伐迪尔反尔（Svadilfare）不准有别的人帮忙。

这样苛刻的看来是不可能的条件，建筑家居然答应了。白天他建造，夜间他搬运石头。工程进行得很快，不久就完成了一半；到冬尽的最后一天，只剩一个拱门了，而这一点小工作，当天晚上那位建筑家一定可以做成功的。

眼见得太阳，月亮和美丽的佛利夏都要不保了，神们都埋怨洛克；如果洛克不想个补救之策，神们会杀了他。

在这里，洛克的狡猾又有用了。他跑到那匹马斯伐迪尔反尔搬运石头的树林子里。这匹好马斯伐迪尔反尔正拖着一段极大的石柱。洛克变为一匹牝马，从黑暗中冲出去，对斯伐迪尔反尔作春情的嘶鸣。因为这匹牝马是美丽的牝马，而况嘶鸣得又是那样淫逸，所以工作中的斯伐迪尔反尔就丢开了石柱去赶逐那匹牝马了。建筑师的喝止也没有效力。化为牝马的洛克很巧妙地往森林深处跑，斯伐迪尔反尔在后追着，建筑家又在后追斯伐迪尔反尔。这样就把整整一夜消费了。

这位建筑师不是别人，正是太古时代残存的一个冰巨人的化身。他回到阿司加尔特，大施暴跳，说神们不该用诡计；他几乎杀了众神，幸得敌耳赶回来了，一雷锤将这假装的冰巨人打死。

这一次，神们仅赖诈术与萩耳的强力救了自己。两者都不是阿司加尔特的荣誉所能堪的。神们很忧虑，知道他们的"劫难"之期是一天一天逼近来了。

此后洛克又做了许多恶事，直到被称为"不义的洛克"。可是神们还勉强容忍他。他使诡计杀了巴尔特尔这件事，很激动了神们的公怒，接着他又变化为老妇人琐克，不肯为巴尔特尔滴一点眼泪，以至巴尔特尔不能从冥间回来。于是神们断定洛克身中已经没有丝毫的善，便驱逐洛克出阿司加尔特。

海神爱吉尔知道阿司加尔特的神们正为巴尔特尔的死而悲悼，为洛克的恶行而生气，特备了盛筵，请神们到他海底的珊瑚宫里游玩。神们欣然去了。可是在欢乐的宴会中，神们突发现洛克也在，像一个黑影似的只在他们左右前后。神们生气，斥洛克出去；洛克报以恶骂。正闹得乱纷时，洛克又杀死了爱吉尔的侍者芬芳。于是神们怒起，将洛克赶出珊瑚宫。

扰乱告一段落，神们再入座，不料洛克又偷偷地跑进来了。他的骂声充满了宫内；他数说神们的不才，神们的闺房不洁，最后他对于女神喜芙说出秽污的话来了，这却激怒了萩耳；不顾是在筵席上不便流血，萩耳早拔出了他的雷锤，洛克知道这家伙的厉害，赶快逃走，不敢再进来。

经这一次，洛克知道再没有进阿司加尔特的希望了，并且料到神们一定要捉他杀他，他就跑到山里造一茅屋，有四个门，终天大开着，准备万一之时逃走。他预定好计划，如果神们来捉他，他就逃入近旁的大河，化为鲑鱼。但又想到假使神们织了海之女神澜所用的那样的网，他还是不能幸免，洛克就先来自己织一个网，自己来试验一次。

网织成了一半，洛克看见奥定，菽耳，克伐息尔（我们总还记得是这个小东西的血做成了诗歌天才的仙醪的），远远地来了。洛克将半成的网投在火中，就逃出来跳在河里，化为鲑鱼，藏在两块石头之间。

神们看见茅屋里没有洛克，正没有办法，克伐息尔却瞥见了那个没有烧完的半完成的网了。这个聪明的小东西立刻联想到洛克也许是打算变鱼，提议到近旁河里去找。但是洛克躲在河底的大石头上，网不起来。当神们拉起了网，正待再投下水去的时候，洛克一跳，企图出水逃走。他第三次跳得很高，几乎可以逃走了，却被菽耳在空中捉住了，逼他现了原形。

神们将洛克禁闭在地下穴内，用他的儿子娜尔弗的内脏作为绳索。娜尔弗是被他的兄弟法利所撕杀的，神们因此处罚法利，使变为狼。这些内脏所变的绳索紧紧地扣住了洛克的手脚，使仰面躺着。神们又恐这些绳索还不够坚固，又设法使变成为钢。

女巨人斯卡提，冷的山泉水的人格化，洛克（地下火）的死敌，又取一毒蛇缚在正当洛克头顶的岩石上。蛇的毒涎滴下来，刚落在洛克的不能转动的脸上。但是洛克的忠实的妻西强音也立刻来了，拿盘子接住了蛇涎。如此直到天地末日，"神之劫难"来到时，洛克从幽囚地逃出来，和霜巨人等连合起来，毁灭了阿司加尔特的时候为止，西强音总是守在洛克身边，高擎着盘子承接毒蛇滴下的口涎。偶而因为盘子满了，须得去倒空，西强音离开她的"岗位"若干时，那么，蛇的毒涎就要落在洛克脸上，那时这位恶神痛极了，便奋力挣扎，想要脱逃。他把山谷都震动，地都震动了；震骇人们的地震就是这样来的。

在这里，女巨人斯卡提的毒蛇的口涎是象征了山中之冰泉，时时从岩缝中渗入地层，和地下火相遇，就蒸发为蒸汽向上冒，且成为地震：一个在冰兰等等地方是常有的现象。从这一点上，洛克是地下火的人格化。

第十八章　神之使者与守望者

赫尔莫特（Hermod）也是奥定的儿子，善飞行，因此为奥定之特别侍从，专任跑腿的工作。他又是众神之使者。有什么送信的事，都是他的责任。

奥定的无敌的矛冈格尼尔，也常由赫尔莫特荷着，并且又是惟一的能乘那匹八足马斯莱比尼尔的神，这马除了奥定以外是不受驾驭的。

赫尔莫特有奥定赐给他的铠甲和盔，遇到打仗的时候，他就穿戴起来；据说他虽是文职的"行人之官"，可是也好战事，他常常和凡尔凯尔们到战场拣选战死的勇士带他们到伐尔哈拉宫中。

平时，赫尔莫特出门送信则带一杖名为 Cambantein，这是他的职务的记号。

赫尔莫特的故事均和各神有关，已散见于前；他的独特的故事则为奉奥定之命到芬兰去找预言者的魔法家罗司席哇夫

(Rossthiof)问未来之事。这是罗司席哇夫预言奥定的一子（即巴尔特尔）将被谋杀，而且预言须得娶林达为妻，方能生又一子以报仇。

另一位只在阿司加尔特执务而并不象征了什么自然现象的神，就是虹桥之守望者赫姆达尔（Heimdall）。他是奥定和九个女巨人所生的儿子。这九个女巨人是波涛女郎，一天在海边躺着休息，被奥定看见，遂同时并淫之；后来九个合而共生赫姆达尔。在并时间内，以地之力、海之湿气及太阳之热力为营养的赫姆达尔，立刻就长成，到阿司加尔特找他的父亲。

那时，神们刚用了火、水、空气三者，建筑了虹桥皮孚洛司忒。却是正待物色一位可靠的桥上的守望者，以防霜巨人们从此桥杀进阿司加尔特。恰好赫姆达尔来了，神们一见就大家同意命他为虹桥的守望神。

为的要使赫姆达尔成为最好的守望者，神们就给他最好的耳朵，能在桥上听得地上山边草的生长的声响或是羊毛从羊背上生长出来的声音；又给他最好的眼睛，能在黑夜看见千里外的东西。此外又使他能够像鸟一般不需睡眠。

赫姆达尔的武器是一把快刀和一只警角，名为 Giallarhorn。如果看见有敌人来，就吹此角，天地冥三界都能听得。赫姆达尔有时将此角挂在生命树伊格特莱息尔之高枝（此时就是新月），有时则沉在密密尔（我们大概还记得这位看守着智慧的泉水的老人）的井中。

赫姆达尔常穿白的服装。特别的是他有一口金牙齿，故又诨名 Gullintani（金牙齿者）。

当洛克尚未被逐出阿司加尔特的时候，有一夜偷进了佛利夏的卧室想偷她的片刻不离身的金颈链。可是在虹桥上守望的赫姆达尔却听得了，看见了。他立即去捉拿这个贼，和洛克变形斗法，终于捉住了洛克，取回美神的金链。这一件事是洛克所深恨的，所以后来天地末日到来时，洛克从被囚处逃出来杀上阿司加尔特的时候，竟和赫姆达尔苦战，二人都死。

赫姆达尔又名为吕格尔（Riger）。这名儿之由来，有一件故事，是北欧人对于部落中的阶级民众之由来的说明。

据说赫姆达尔有一次到地上闲逛，在海边见一座破茅屋，住着一夫一妻，名为 Ai（曾祖父）和 Edda（曾祖母）。赫姆达尔自称为吕格尔，在这户人家住了三天，教给他们许多生活的知识。后来 Edda 生一个黑皮肤粗筋骨的儿子，名为 Thrall（劳动者），长大后力大绝伦，喜欢做笨重费体力的事。后又娶妻 Thyr，也是强壮大脚大手的女子。他们生了许多孩子，子又生孙，所有的"奴隶"这一阶级都是从他们传下来的。

自名为吕格尔的神又往前游玩，到一耕地，又在一个小康的农夫家里过宿了。这家的男子名 Afi（祖父），女的名为 Amma（祖母）。赫姆达尔住了三天，教给他们许多有用的知识。后来不久，Amma 生一子，名为 Karl，是一个蓝眼睛的壮硕的孩子，长大后善于农事，后娶一妻名 Snor，生下许多孩子，是为农民阶级的祖先。

赫姆达尔第三次的宿处在一个体面的堡寨内，主人是夫妇，男的名为 Fadir（父），女名为 Modir（母），穿得很讲究。赫姆达尔住了三天，就回去了。过后不久，女的生一子，美貌，灵巧而矮小，名为 Jarl。长大后，爱打猎及战争，知道鲁纳文字，后娶一贵族的细腰的妻名为 Erna，生许多孩子，是为斯坎底那维亚各邦王室及贵族之始祖。

这一故事，表示了北欧人很深的阶级观念。他们以为阶级乃由神意所立，并且正如虹桥之有三色，为水、火、气三原素所成，人类中间的阶级因而亦有三个：治者的贵族，被压迫者的奴隶，以及中间的"自由民"性质的农民。

第十九章　战阵女郎凡尔凯尔们

上面已经说过,奥定的特别的女侍者,名为凡尔凯尔(Valkyrs,或战阵的女郎)。这些女郎或为奥定自己的女儿,例如其中的名为勃伦喜尔特(Brunhild)的一位,据说就是奥定的女儿;或为地上国王的女儿,或为服从神们的童贞处女而为神特选上天以成不死身者。

凡尔凯尔们和她们的马,或谓均为云之人格化,她们的闪光的长矛则为闪电。北欧古诗人相信这些凡尔凯尔受了奥定的命令到世间战场上挑选勇敢的战死者带回到伐尔哈拉宫中享乐,以备将来"神之劫难"到来时站在神的一边参加那最后的大战争。

这些战阵女郎都是年青的美女。有耀眼的白臂膊白胸脯和金黄色飘扬的长头发。她们戴金盔或银盔,血红的紧身战袄,发光的矛与盾,骑小巧精悍的白马。这些好的小马能驰骋于空中,走那条长的虹桥,不但负荷了它们的美丽的主人,还要负战死的勇士。

在战场上，垂死的勇士接受了凡尔凯尔们的最后的死的一吻，就这样被带进伐尔哈拉大宫去了。

因为凡尔凯尔们是被视作云的，所以这些马的鬃毛间又被设想能够落下霜和露。且因此而这些马亦被敬视。在北欧人看来，凡尔凯尔及其马都是有惠于人类的。

凡尔凯尔们不独在陆地的战场上挑选勇敢的战死者，她们亦到海上，从沉破的大龙船里挑选将死的勇敢的尾金们。被带到伐尔哈拉宫中，这些水上英雄的尾金们亦和陆地上的勇士享同一的待遇。据说尾金们如果看见凡尔凯尔站在他们的龙船的桅顶上，便知道他到天上的时间已到，于是这些不怕死的尾金就会狂欢着等待最后的凡尔凯尔们的"死吻"。

凡尔凯尔们的人数，各神话学者的说法各不相同；至多是十六个，最少是三个。但普通则说是九人。又谓她们的领袖是爱神佛利夏或运命女神斯古尔特（就是第三个诺伦司）。

平时在天上的伐尔哈拉宫中，则凡尔凯尔们的职务为伺候那些在伐尔哈拉宫中享福的战死的勇士们。每次传餐，这些凡尔凯尔们脱下血污的战袍，换穿了雪白的长衣，露出雪白的臂膊和胸脯，拿进天上的酒肉来请伐尔哈拉宫中勇士们尽量啖饮。她们这种伺候，正是一个勇敢的北欧武士最所醉心向往的。

凡尔凯尔们也常到世间游玩。那时，她们披了鹅毛的羽衣，化为白鹅；遇见有好的清溪时，她们常常喜欢脱下鹅衣，到水中洗澡。那时，若被人们看见了，藏过了她的鹅毛羽衣，便可以留住她长住地上；如果要强迫她为妻，也可以办到。

据传说，则谓凡尔凯尔中间有三位，Olrun, Alvit, Svanhvit，曾被三兄弟的银匠留住了做老婆。经过了九年之后，她们方才又飞回天上。

最有名的凡尔凯尔和人类恋爱的故事是关于勃伦喜尔特这位凡尔凯尔的。勃伦喜尔特，或谓即奥定的女儿而为凡尔凯尔们之领袖。她的人类的丈夫就是北欧最伟大的民族英雄喜古尔特（Sigurd），[①] 我们以后还要详细讲到。

[①] 勃伦喜尔特（Brunhild），通译布伦希尔特；喜古尔特，通译西古尔特。关于他们的神话传说成为十三世纪德国史诗《尼伯龙根之歌》的素材，详见本篇第二十三章。

第二十章　冥世的神话及死神赫尔

死神赫尔（Hel）是洛克的女儿，生于寒冷的北方的约丹赫姆；是奥定将她打入尼夫尔赫姆，使管领幽冥九界。她是死神，又是冥土的国君。

赫尔的国土，即所谓冥国，北欧人以为是在地下，须在极北的冷而黑暗的地方走了九日九夜的坏道路，方能达到。冥国的门，离人居的世界极远，有名的速行的神赫尔莫特骑了奥定的好马斯莱比尼尔，尚且整整走了九日夜方能达到吉乌尔河（Giöll）。这里是尼夫尔赫姆的边界。河上有镶金的水晶桥，用一根发丝吊住，有守桥者，即狰狞的枯骨摩特古特（Mödgud），凡要过桥者，须先向他纳血的通行税。

死后的鬼大都是骑马或坐车过这条桥。这些马或车是火葬时附同烧了的。北欧人通常在死者足上穿一双特别坚固的靴子，为的是到冥国的九天九夜的坏道路须得一双好靴子方能对付。这靴子特名为"赫尔靴"。

既过了吉乌尔桥，乃有一铁树之林，林中只有铁的树叶，地上不毛。经过了铁树之林，乃至"赫尔门"，有可怕的血斑大犬加尔姆（Garm）守着，这犬蜷卧于名为格尼帕（Gnipa）的黑暗的土穴。这可怕的妖魔只有所谓"赫尔饼"者，能够买通它。

在"赫尔门"以内，在刺骨的寒冷与不可透的黑暗中，澌澌地沸滚着大镬似的，是赫凡尔格尔曼尔泉的声音，又有冥间九河，其中有名为斯列特（Slid）的一条，常常流着锋利的尖刀。

再上前去就是赫尔（冥王）的宫厄尔尾特纳尔（Elvidner，悲惨）。她爱吃的肴馔是"饿"，她的餐刀是"贪饕"。她的男仆名为"无聊"，女仆名为"怠惰"。她的门房名为"毁灭"，她的床名为"忧愁"，她的窗帘名为"火灾"。

赫尔有许多房子容纳每天从阳间来的客人；她不但收受一切的杀人罪犯和冤死鬼，她亦收容那些不幸而没有流血即死的鬼。凡是老死及病死者的鬼都到赫尔那里。此所谓"病死"又名"草柴死"，特指那些平凡地死在床上的人而言。

虽然赫尔对待那些生前不作恶的鬼魂也还和善，可是赫尔的国究竟不是有趣的地方，古代的北欧人都不愿去。他们都不愿"草柴死"。男子们都愿死在矛尖，或是海中，因为这两项的死者有被凡尔凯尔们挑选去到天上的伐尔哈拉宫中享福的可能。女子则愿意和丈夫一同火葬，因为据说佛利夏也有一座大宫专招待这些恋人。

至于生前作恶或生活丑恶的鬼，则常被贬入死尸之壑那司忒郎特（Nastrond），受冰泉的浸沉和毒蛇的咬啮。在此受了许多痛苦后，又被投入"大釜"赫凡尔格尔曼尔，于是毒龙尼特霍格乃暂时不啮生命树之根而来咬他们的骨头。

赫尔也常到人类的世界来。她骑的是三足的白马。当瘟疫的时候，如果一村中死了一半人，则说赫尔是用了耙，如果死了全村，则说她是用了扫帚。

北欧人又以为死者的鬼魂亦常到人间来看视他的亲人。据丹麦的民间故事所说，则死者的亲人的悲欢常常会影响及于死者的鬼魂。有名的"爱吉尔与爱丽司民歌"说已死的丈夫要他的妻常常微笑，因为哭使他的棺中充满了血滴，而笑则使棺中产生了玫瑰花。

第二十一章　巨人族

我们已经说过，北欧人想象宇宙间大冰山中最初产生的活东西是巨人。这代表了丑与恶的巨人自始即和代表了美和善的神立于敌对的地位。

当第一个巨人伊密尔为神们所杀后，他自己身上的血成为洪水，淹死了他的一切子孙，只剩下勃尔格尔密尔夫妻一对，逃到北方约丹赫姆；他们成了此后一切巨人的祖先。

这些巨人的名字，在北欧，各有意义。例如"约丹"（Jötun）义为"大食量者"，因为巨人们的食量都是大得可怕。他们喝的本领也不差，故又名 Thurses，这个字的意义便是"渴"。别有一解释，则谓 Thurses 是"高塔"；巨人们喜欢造高塔，故得此称。

约丹赫姆在北极的冷地。巨人们常要向南侵犯，但是他们的笨重的身体，不慧的头脑，加之又只能用石头的武器，到底不是灵巧聪明用铜器的神们的敌手。但有一件则巨人们是胜于神们的。

即巨人们知道一切过去的事。奥定喝了密密尔的智慧泉以后，曾和最聪明的巨人伐尔叔鲁特尼尔（Valthrudnir）斗智，结果虽然是奥定胜了，却也全赖他所问的将来的事是巨人所不知道的。

巨人最怕神中的薮耳。他的雷锤是一切巨人的致命的仇敌。

据日耳曼的传说，地上的山也是巨人造成的。当大地初造成时，还是软绵绵的一块，巨人们用脚乱踩，就弄成高高低低的山脉和平原了。女巨人们不喜欢她们丈夫的这种行为，放声大哭，她们的眼泪就成了江河。但据《大厄达》，则山谷和江河是伊密尔巨人的骨头及血汗所造成。巨人们又只宜于在黑夜出来，若见了太阳光，便化为石头。这个信仰，在斯坎底那维亚亦有；冰兰人称他们的最高的山为 Jokul，大概就是约丹（Jötun）一字的音转。

在瑞士北部，尚以为山顶的雪崩是巨人的眉头或肩胛的雪偶然的掉落。

因为巨人是雪、冰、寒冷、石头和地下火之人格化，故亦被认为乃原始的 Fornjotnr（这是巨人伊密尔之又一称呼）之后裔。据这一说，Fornjotnr 有三子：赫勒尔（Hler，海），卡利（Kari，空气），洛克（Loki，火）。这三位实是最初的神，他们的子孙是海巨人密密尔（Mimir），吉密尔（Gymir），格伦达尔（Grendal），暴风雨巨人第亚西（Thiassi），叔列姆（Thrym），勃利（Beli），以及火巨人芬利斯狼（Fenris wolf），死巨人赫尔（Hel）。

北欧的贵族多喜欢将自己的祖先追溯到这些巨人。例如佛兰克（Frank）王室的祖先曼洛尾吉阿（Merovingia）就说是出于海巨人。曼洛尾吉阿的第一代后，据说是在海边散步的时候，突有牛形的东西从海内出来，简直地强奸了她，后乃生曼洛尾乌司（Meroveus）。

北部芬兰有一传说，则谓巨人们有一大船名为 Mannigfual，常在大西洋中航行。这条船之大是可惊的，船长在甲板上巡行须得骑马，主桅是这样地高，水手们爬上去时还是青年，下来时则已老了。桅中间有睡觉的地方，也有食物等等。有一次，误了方向，这条大船走进了北海；因为想快些回大西洋，而不敢在北海这狭地方转身，就一直钻进英吉利海峡。不料这海峡愈来愈狭，到了卡力斯（Calais，属于法国）与多维（Dover，属于英国）之间，船身似乎实在过不过去了。于是船长命令在船旁多擦些肥皂，这才总算滑了过去。现在多维的石崖特别白，就因为那时候被肥皂擦狠了的缘故。

第二十二章　神之劫难

北欧神话的一个特点就是那些神们都有一日死亡。有生必有死，是北欧人的牢不可破的观念，神们亦不能例外。况且北欧的神们是巨人种和神种的混合品，那就是说，善与恶的混合品，是不完具的非纯种的，在他们身体中伏着有死的根，所以在北欧人看来，神们亦必得像人类一样有一日死亡——经过了肉体的死亡而后达到精神的永存。这观念：万有，即使是神，也不免是善恶杂沓的混合品，便是北方人的基本观念。

因此北欧神话的全结构便成为戏剧的，是每一步走向顶点或悲剧的结果。在前述的各章中，已经讲到神的渐盛及其渐衰败。我们看见神们如何容纳洛克——恶的代表，杂居在他们的阿司加尔特；神又如何软弱地听从了洛克的提议，而且让他们自己卷入了困难的漩涡，终至牺牲了或损害了他们的道义与平和。最后，且使洛克盗去了他们的最宝贵的东西，纯洁与天真之人格化的巴尔特尔。

至此，神们方觉悟到洛克的精神容忍在他们的团体中是多么可怕，方才驱逐这恶精神到地上，可是已经太晚了。洛克在人类中间还是作恶，而并不比神们聪明些的人类又在听从洛克的教唆，一天一天地堕落了；于是神们将洛克幽禁于山洞中，然而又已经太晚了。

这些错误，使神们承认古老的预言必要实现，所谓 Ragnarok（神之劫难）已经笼罩在阿司加尔特了。驾驭日月车的苏尔和玛尼因这恐怖而脸色苍白了，抖抖索索地勉强驱车过天空，时时回头看那些追上来要吞吃他们的天狼；这些天狼愈迫愈近，不久就要咬着他们了。苏尔和玛尼不再有笑容了，因而地面也呈现枯索和寒冷，可怕的无尽的冬亦开始了。先是漫天飞下雪花，继之以从北方来的咬人的冷风，地面盖上一层厚的冰。这个可怕的严冬继续了整整的三季，不但不去，却又延长了更坏的三季，一切可爱的东西都已离开地面，人类为生存竞争所迫，各样的罪恶都在做了。

在冥世的阴暗的铁树林中，女巨人安古尔蒲达（就是洛克从前的妻）用杀人者及淫恶者的骨头喂养芬利斯狼的凶种哈底（Hati）、斯古尔（Sköll）、玛娜加尔姆（Managarm）这三条狼。

因为杀人和淫恶的罪人太多了，这三条食量可惊的狼喂得更强壮，张开了血口，更凶猛地追赶着驾日月车的姊弟俩。

空前的奇祸近在眉睫了。地为之震栗，星从天空跌下来。而被禁锢着的洛克，芬利斯狼和地下冥府的加尔姆恶犬，都振作精神，奋力挣扎，将他们身上的铁索弄得震天响，想要脱离束缚冲出来报仇了。毒龙尼特霍格已经啮穿了生命树的根，使这棵大树的枝叶都颤抖着。高栖于伐尔哈拉宫顶的红色雄鸡高声报警，立刻密特茄尔特（Midgard，中央之园，即指大地）的雄鸡古林肯别（Cullin-Kambi）和尼夫尔赫姆的赫尔冥王的红黑两色鸟，都同声应和。

虹桥的守望神赫姆达尔看见了这些不祥的事，听得了红雄鸡的锐叫，立刻拿起他的报警角吹出那等待已久的报警的尖音，立刻全宇宙都听得这角声了。角声刚起，阿司加尔特的神们和伐尔哈拉宫的厄音赫列阿尔（Einheriar，就是被挑选来的战死的勇士们）都从座中跳起来，立即全身武装，勇敢地离开神宫，跳上他们的奋鬣腾骧的坐骑，潮水一般地从虹桥上冲过，直到尾格吕特广场。这里便是运命神预言已久的最后大战的战场。

同时在海洋中，那条蟠绕大地的巨蛇俞尔芒甘特尔也发怒挣扎，激起空前未有的大浪涛，不久，这凶恶的俞尔芒甘特尔也蹿出水来上陆，直赴尾格吕特大战场去了。这妖魔所激起的巨浪的一个又冲断了命运船娜吉尔发尔（Nagilfar）的缆索（这条缆是用死者的指甲造成的），恰被脱出了束缚的洛克带领着墨司潘耳司赫姆（火之家）的全体的火巨人，乘上这条船，冲破了惊涛，直向尾格吕特战场。

另一条大船从北方来，赫列姆（Hrym）把舵，满载着全体的霜巨人，每个全身武装，也飞快地赶向尾格吕特，要和神们作最后的决战。

冥王赫尔也从地下爬出来了，带着她的恶犬加尔姆和毒龙尼特霍格；这个妖魔的两翅上载了死尸在战场上飞翔。

洛克一上岸，就遇见这些援军，他就带领了他们直赴尾格吕特大平原。

突然满天都变红了。火焰巨人苏尔体尔扬起了他的火剑，带领着他的儿子们，正从天上驰过。他们走上了虹桥，想直冲阿司加尔特，可是他们的马蹄太沉重了，一声震动宇宙的巨响，虹桥断了。

神们知道末日到了，而且他们的无准备无远见，使他们地位不利；奥定只剩一只眼睛，体尔只有一只手，佛利没有刀（他的刀已经给了斯吉涅尔，为的报酬他说亲之功），只能拿一只鹿角做兵器。虽则如此，神们却很镇静，毫无惧色。奥定抽空先到乌尔特尔泉边一看。诺伦司三姊妹坐在凋零的伊格特莱息尔生命树之下，脸罩着薄纱，悄悄地没有一点儿声息；她们旁边放着一个破网。奥定在看守智慧泉的老人密密尔的耳边说了几句话，就又赶回尾格吕特大战场。

现在两军的人都到齐了。在这一边是坚决的镇静的亚息尔们，伐娜司们和厄音赫列阿尔们。在另一边是闹烘烘的一群，火焰巨人苏尔体尔，狰狞的霜巨人们，赫尔的死白色军队，洛克和他的妖魔的帮手，恶犬加尔姆，芬利斯狼，和巨蛇俞尔芒甘特尔。这最后的两位喷出烟火和毒雾，弥漫了全宇宙。

无数年的老仇现在一齐迸发；两方面的人都出死力相拚。奥定敌住了芬利斯狼，蒇耳对付着巨蛇俞尔芒甘特尔，体尔则和恶犬加尔姆成了对手。佛利和苏尔体尔，赫姆达尔和洛克，厮打在一处。其余的神和厄音赫列阿尔们也显示威武。但是命运早已指定神们必得失败，首先是奥定被杀死了。由芬利斯狼所代表的恶的潮流，即使是奥定也抵抗不住。芬利斯狼愈斗愈勇猛，他的身体也愈放大，直到后来他的血口上撑住天，下挫着地，将奥定活吞了下去。

没有一个神能够抽身救奥定。佛利虽然勇武，却被苏尔体尔的火剑刺中了要害。赫姆达尔稍占上风，可是当他一刀砍死了敌人的时候，他自己也伤重而死。体尔和恶犬加尔姆也遇到同样的结果。荻耳和巨蛇俞尔芒甘特尔恶战了半晌，居然一雷锤打死了这妖魔，可是巨蛇身下喷出来的洪水一般的血潮也将荻耳淹死。

尾达尔从战场的一角冲过去要报父仇。古老的预言现在又要应验。尾达尔的准备得很久的厚靴子此时发生作用。他的独脚踏住了芬利斯狼的下颚，两手用力攀住了狼的上颚，竟将这怪物撕成了两半个。

然而其余的神和厄音赫列阿尔们，死伤将尽。突然苏尔体尔扬起火剑乱舞，立刻天、地，以及冥间九界都充满了火焰。生命树伊格特莱息尔也化为灰烬。火又延烧着神们的金宫。大地成为一片焦土，海洋的水都沸滚。

这场恶火，烧尽了空、陆、冥三界的一切。善的和恶的，同归于尽。大地焦黑而破坏，慢慢地往沸滚的海水中沉下去。世界末日果然到了。混沌的黑暗似乎又要包裹了宇宙。

但是北欧人的想象并不就此告结束。他们相信，苏尔体尔的大火虽然烧毁了一切，却也烧毁了一切恶的；现在是从"恶的破墟"上将有新的善发生，世界将再造，幸免于大难的神们——第二代的神们将再来重整神宫，永为世界的主宰。

于是，北欧人的想象的于是，经过了不知若干时间，火烧的大地渐渐冷却，从海水中浮起来，像是洗过一个澡似的清新；日光又照临这苏醒的地，苏尔的女儿继承母职又驾起日车在天空巡行。这第二个太阳也没有第一个那样火热，所以无须用盾以隔离它的热度。这些更有利的太阳光立刻使地面又披上一层绿衣，花和果实又繁荣茂盛。二个人类，女的名为吕夫（Lif），男的名为吕夫什拉息尔（Lifthrasir），现在也从密密尔的树林的藏身处钻出来了。他们是在苏尔体尔放火的时候躲在那里的，现在是他们出来的时候了。他们做了这新苏醒的大地的主人，再传第二代的人类。

一切代表着渐发展的自然力的神们都在那大灾难中死了，但是伐利和尾达尔，这两位代表了自然之不灭的神，却并没死，现在回到从前神们的游戏场伊达复尔特来了。在那里，他们又遇到了玛格尼和摩提，已死的雷神萩耳的儿子，"力"与"勇敢"之人格化。他们还保存着父亲所造的武器——雷锤。

早先就住在伐娜司（海洋之神）族中为质的海尼尔也回来了。并且从黑暗的冥间又回来了那位被爱的巴尔特尔和他的兄弟盲目的霍独尔。这两兄弟已经和解了，过去的错误都已宽恕，现在这光明和黑暗是很调和地同住着。

这一小队的神踯躅于神宫的故址，突然看见最高的神宫岑利还是巍然无恙。它的金屋顶正反射着耀炫的金光。于是在这宫里，再建了第二代的阿司加尔特。

"神之劫难"这故事，也可以从另一方面解释。我们知道在太古时代，地球上各处经过冰川、洪水，以及地心火大喷发等等事件，所以各民族的神话都有世界毁灭及再造的故事。在北欧，洪水的印象大概没有地下火喷发那么深，所以北欧没有洪水的神话而有这火灾的 Ragnarok 的神话。

但如我们在第一章中所已说，北欧神话太早地受了基督教势力的侵犯，尚未达到完具而即僵死，所以 Ragnarok 虽似结束了奥定等第一代神，却使我们又设想到原来北欧或者尚有尾达尔等第二代神的故事，如果没有基督教势力的侵入，或者此 Ragnarok 正是"第二故事"的开始而非"第一故事"的结束。

基督教中人之想利用 Ragnarok 使北欧的原始信仰和基督教信仰互相妥协，也是很可以从《厄达》中看出来的。《厄达》述及

Ragnarok 以后，附有一诗，则说奥定等既死后，有至高无上的神——无可名的一神，为世界的主宰，使善者得福而恶者得祸；又谓别有二天宫以居巨人族及侏儒族，因为此二族亦不过遂行命运之前定，初非大恶，在新的主宰世界的一神前，此巨人族及侏儒族也应享受同等的待遇。

　　大小《厄达》均出于基督教徒之手，故此诗中所谓至高无上，无可名的一神，当即指基督教之上帝。似乎基督教徒保存了北欧原始信仰的前一部分，而利用 Ragnarok 的故事轻轻将基督教信仰隐约地衔接上去，因而北欧原始信仰的后一部分——如果有的，遂从此湮没消失了。

第二十三章　喜古尔特传说

《大厄达》的第一部分包括了宇宙之创造，神们的事迹，及神们之终于丧亡等等故事，可说是属于神话的；第二部分却包括了一串的英雄叙事诗，述及服尔松格（Volsung）一家的事迹，特别是服尔松格族的首领喜古尔特（Sigurd）的冒险，可说是属于传说的。在北欧，喜古尔特是最有名的民族英雄；所以喜古尔特的传说也可说北欧的"史诗"，相当于《依利亚特》。

在喜古尔特传说——或普通些说是服尔松格传说——中间，还包括了日耳曼的有名的尼柏隆传说的材料，以及许多民歌，后来华格纳（Wagner，德国大乐曲家，生一八一三年，卒一八八三年）的名曲《莱因金》《凡尔凯尔》等作，都取材于此。①民族英雄的传说，本亦视为神话的一部分，我们也得简略地述及这有名的北欧"史诗"

---

① 华格纳，通译瓦格纳，他所创作的《仙女们》《凡尔凯尔》，1833）《黎恩济》《莱因金》，1838—1840）、《尼伯龙根的指环》（1874）等均取材于民间流传的喜古尔特传说。

服尔松格传说。

服尔松格传说开始于喜吉（Sigi），奥定的一个儿子，有威权、受人尊敬的一个人，直到后来因为妒忌别人打猎比他好而竟杀了那个人，就为了这罪恶，喜吉被逐于本乡。但是，神奥定似乎还在眷顾他，给他一条设备得很完全的船和一船的勇士，并且允许他到处打胜仗。

这样受了奥定的帮助，喜吉的袭击成为他的敌人的恐怖；结果他征服了广大的土地，自称匈（Huns）帝国的皇帝，威权很大。可是到极老的时候，奥定的佑护离开了他了，他的妻属的亲戚用阴谋杀了他。

喜吉的儿子勒列尔（Rerir）从远征回来，继承了大位后的第一件事就是替父亲报仇。勒列尔是一个好皇帝，国内安康；只是没有儿子，后来他的祈祷感动了众神之后佛利茄，使侍女盖娜赐以一苹果。勒列尔是在山边散步时接到这从天空坠下来的苹果的，他憬然片刻以后，省悟是乃神赐嗣子之意，遂持归和他的妻分食了。后来生一子，名为服尔松格，很美丽端正。不久，勒列尔夫妇均去世，婴孩的服尔松格继为国王。

服尔松格在位多年，国是更富更强了。服尔松格又是雄才大略的君主，养勇士无数。他们都在勃兰司托克（Branstock）下面分享皇家的食用；勃兰司托克是一株大橡树，起于服尔松格的大宫之中央，直贯屋顶而荫罩了全座宫廷。

服尔松格已经有十个儿子，第十一个来的却是照耀了他的家庭的女子息格尼（Signy）。这位女郎到了待字之年，艳名噪远近，许多人来求婚，其中有峨特（Goths）国王息吉尔（Siggir），终于得了服尔松格的允可，虽然息格尼却是从没见过这位有幸的求婚者。

结婚的那天，息格尼看见新郎是那样猥琐凡庸，迥不是她的哥哥们那样轩昂的人材，这就心里不高兴。可是为了家族的体面计，息格尼勉强成婚。她这种悒悒的心情，只有她的哥哥息格蒙特（Sigmund）知道。

结婚的喜酒刚吃到一半，大家正在快乐的顶点时，忽然来了一位不速之客。他只有一只眼睛，披一件云蓝色的大袍，身材儿很高。不看吃酒的大众一眼，也不说一句话，他直走到大橡树勃兰司托克的前面，取出一把利剑来深砍入橡树的粗笨身上。于是，慢慢地转过身来，他对惊异着睁大了眼的众人说，谁能拔出此剑，将无敌于天下。说完，这位不速之客就不见了。于是大家都明白这就是神奥定亲身来显示奇迹给他的后裔看。

服尔松格乃请在座的人去试拔这把剑。第一被邀的，是新郎息吉尔，虽然他用尽平生之力，宝剑却不肯出来。第二是服尔松格自己去试。也没有成绩。九个大王子也都一一去试拔，剑还是牢牢地不肯出来。于是轮到第十王子，最年幼的息格蒙特，却容容易易地拔了出来，似乎剑只是套在鞘子里一般。

所有在场的人都庆贺这位小王子的成功，息吉尔心里却是妒忌。他向息格蒙特买这把神赐的宝刀，但被息格蒙特拒绝。息吉尔觉得太扫脸，当下就决心要谋害服尔松格一家，夺取这柄宝刀。

他请服尔松格和他的十个儿子在一个月后到他国内游玩，服尔松格慨然允许了。息格尼猜度得有阴谋，候她丈夫睡着后，悄悄地警告她的父亲，劝他不要到息吉尔的国内。服尔松格不肯失信。

新结婚的一对儿归家去不久，服尔松格的装满了人的一船到达息吉尔国境的海岸。息格尼早已在留心守望，一见了自己家里人的船，就赶快跑下沙滩去告诉他们不可上岸，为的息吉尔已经有埋伏。但是服尔松格一家人是什么都不怕的，他们安慰了息格尼，就带了兵器上岸。

果然在半途上遇到伏兵了。服尔松格一家人虽然勇敢善战，但众寡不敌，老服尔松格死了，十个小王子都被活捉。卑怯的息吉尔并没在战场上，现在却高坐着审问这十个王子，夺取了息格蒙特的神剑以后，便要处十人以死刑。

息格尼的哀求并不能救十个哥哥的性命；仅能求得将他们缚在树林中让他们饿死，如果不被野兽咬死。息吉尔深恐她私下去看视她的哥哥们，将她囚禁在宫中，一举一动都有人监视。

每天早晨，息吉尔派人到树林中去看那十个服尔松格王子是否还活着。每天的回报是已经死了一个。因为每晚上有一只怪兽从林中出来，吃了一个服尔松格王子，只剩下一堆骨头。待到只剩息格蒙特还活着的时候，息格尼想得了一个计划，命她的仆人私自到树林中将蜜糖涂满了息格蒙特的脸和嘴。

那一晚怪兽又来了时，嗅得蜜的香味，便用舌头舐息格蒙特的脸，后来竟将舌头舐进息格蒙特的嘴巴。这是一个好机会。息格蒙特咬断了怪兽的舌头，和它争斗，结果，不但杀了怪兽，并且挣断了束缚，暂时躲在树林深处。一天，息格尼来收取她哥哥们的骨头，息格蒙特从隐匿处出来和她相见。二人把九个哥哥的白骨都收拾好了，发誓必报一家之仇。息格尼回宫去，息格蒙特造了一个茅屋，就在林中住下来。

现在息吉尔已经并吞了服尔松格国土。他快快活活等待第一个儿子生下来。息格尼盼望这个儿子能够替自己报仇的,所以到这孩子十岁时便悄悄地送给息格蒙特,请他训练这孩子。但是息吉尔和息格尼的混血儿是没有勇气的,所以息格蒙特试过那孩子后就送还了息格尼。第二个孩子又生下来了,也还是没有勇气,于是息格尼知道不是服尔松格的纯血种不能担负报仇的大任,她决定了自己犯罪去得这真血种的孩子。

她招进一个年青美貌的女巫来,和她掉换了相貌。于是她找到树林中的息格蒙特的茅屋,住在那里等候息格蒙特回来。息格蒙特认不出这位风骚的少妇就是自己的妹子,竟和她睡觉了。三天后,假装的息格尼回到自己宫里,复了原形。不久就生了一子。婴儿的声音和相貌就表明是真正的服尔松格的血种。

这孩子命名为辛非哇忒利(Sinfiotli)。十岁的时候,息格尼亲自试验他的勇气,把他的衣服缝在他的皮上,然后猛地扯下来。可是这孩子并不喊痛,反而大笑。息格尼知道他不是寻常人,就送他到息格蒙特处受训练。

和息格蒙特在树林中,辛非哇忒利也显示着异常的勇敢。他学会了北欧武士应有的各种本事,和息格蒙特成为好朋友。

有一天,他们在树林中看见一间茅屋内有两个人睡着,墙上挂着两张狼皮。息格蒙特知道这狼皮是魔法师用以变人为狼的，遂取了狼皮，和辛非哇忒利各人披了一张。立刻他们都变为狼了，跑出树林去遇见人就咬。后来狼性更发作，他们俩互相打了起来。因为辛非哇忒利是年青些且弱些，就被息格蒙特咬死在地下。这惨剧使得息格蒙特回复了本性，守在他的死朋友的身边，没有办法。那时忽然有一对鼬鼠从树林中跳出来，也互相打起来。结果死了一只。得胜的鼬鼠跳进了茂草堆中，拿一片树叶回来搁在死鼠的胸上，死者就又复活了。变为狼的息格蒙特正在看着，忽然有一只大鸦衔一片相同的树叶丢在息格蒙特脚边。息格蒙特知是神赐，用以救活了辛非哇忒利，就一同回到自己的茅屋里，静候那魔术的时效过去，好将可怕的狼皮脱下来。他们守到第九夜，狼皮脱落了，他们仍为人形，就立刻将狼皮投在火里烧了。

于是息格蒙特将自己的大仇讲给辛非哇忒利听。虽然说是息吉尔的儿子（因为这两位树林中人都不知道息格尼玩的把戏），辛非哇忒利却发誓要帮助息格蒙特报仇。择定了一个晚上，这两位偷进了息吉尔的宫，躲在酒库里。不料息格尼的两个小儿子玩着掷金环的游戏，一个金环滚进酒库去了。两位埋伏的刺客就这么地被两个孩子发现，大声喊起来。息吉尔和他的人惊起拿兵器。

息格尼早拉住那两个小叛贼（即她的二子）推给息格蒙特，叫他杀却。息格蒙特不肯。辛非哇忒利打断了两个小孩子的头颈，跳出来抵抗围攻的息吉尔的武士。结果是两人都被捕，息吉尔吩咐将二人闭在那酒库里，上面盖了石板，将他们活埋。当最后一块石板将被盖上时，息格尼抱一束稻草投在辛非哇忒利的脚边。息吉尔的人以为这是什么只能使两个刺客多受几天痛苦的食物。然而当石板盖好了时，辛非哇忒利打开那稻草束来看，不是食物，却正是那把宝刀，神奥定赐给息格蒙特的那把刀。用了这把神刀，辛非哇忒利和息格蒙特砍通了石板，逃出那被活埋的酒库。

又得自由了的息格蒙特和辛非哇忒利便在息吉尔宫内放起火来，却把守住了出口，只许妇女出来。他们大声呼唤息格尼赶快逃出来。可是息格尼只到门边拥抱了息格蒙特匆匆地将辛非哇忒利的出世的秘密说过了，就回身跳在火焰中，和她的仇人同归于尽了。

既已报了仇，息格蒙特和辛非哇忒利就离开峨特地方，回他们的故乡。他们很受欢迎，息格蒙特做了国王。然后他又娶美丽的蒲尔格赫尔特（Borghild）为妻，生二子，哈蒙特（Hamond）和海尔其（Helgè）。后者初生的时候，运命女神诺伦司允许他将来可以被选进伐尔哈拉宫做一个厄音赫列阿尔。

海尔其自幼受育于哈茄尔（Hagal），按照着北欧的国王们的易子而教的规矩。在十五岁时，海尔其就非常胆大，曾独自闯进世仇亨廷（Hunding）的家中。亨廷的人要捉这胆大的少年，直追进哈茄尔家中，海尔其乔装为侍女，得脱险而出。

于是海尔其和辛非哇忒利共带一支兵去攻打亨廷族。他们的战争很猛烈，所以阿司加尔特的神们也派了凡尔凯尔们在战场上飞翔，准备挑选最勇敢的战死者带回伐尔哈拉宫。凡尔凯尔们中间有一个名为古特伦（Gudrun）的，狂热地爱上了海尔其的勇敢，竟公然找到他，愿做他的妻。亨廷族人都战死了，只剩下一人名为达格（Dag），发誓不为自己的族人报仇，留下了性命。可是达格竟没守誓，他弄到了奥定的剑，杀了海尔其。此时古特伦早已为海尔其之妻，哭了许多眼泪，悲悼她的丈夫，直到后来在坟中听海尔其说她的每一滴泪成为他创口的每一滴血，她才不哭。后来不久，海尔其的灵魂就渡过虹桥到伐尔哈拉宫为厄音赫列阿尔的首领，而古特伦也仍旧供职为凡尔凯尔和海尔其永远同住在一处，直到世界末日，"神之劫难"的那一天。

辛非哇忒利也不得善终。因为他曾因争闹而杀了蒲尔格赫尔特（就是息格蒙特的新后）的兄弟，所以蒲尔格赫尔特屡次想毒死他。辛非哇忒利也知道。后来有一次，他误听了息格蒙特的一句话，将一杯毒药酒喝了，就此死了。息格蒙特悲伤地负了辛非哇忒利的尸体到海边，看见一个独眼老人驾一条舟来，载上那尸体，就不再看见。这是奥定亲自来带辛非哇忒利到天上。

息格蒙特乃废逐了蒲尔格赫尔特，别娶美丽年青的黑乌尔迪司（Hiordis）。曾有许多人要求黑乌尔迪司的美手，但震于息格蒙特的大名，黑乌尔迪司就嫁了他。莱格尼（Lygni），本是亨廷族，也曾求过黑乌尔迪司的手而被拒绝，现在就起了大兵来攻打息格蒙特。虽然息格蒙特已经很老了，勇力还是不差。他打死了许多莱格尼方面的人，直到后来一个独眼高身材的不识的战士忽然冲进来举杖攻击，息格蒙特用他的神所授的刀去招架，不料刀竟碎为片片，这样没有了武器，独眼的战士忽然又不见，可是息格蒙特亦为敌人所杀。

胜利属于莱格尼，所有的服尔松格族人都被杀死，莱格尼离开战场赶去想占据息格蒙特的王位，并强迫美丽的黑乌尔迪司为妻。然而黑乌尔迪司恰正躲在战场旁的密草中观战，现在看见莱格尼走了，就从藏身处出来拥抱了垂死的息格蒙特。这位老英雄盼咐她宝藏着他的宝刀的碎片，又说家门的大仇将来要由怀孕中的孩子来报复。黑乌尔迪司此时正已怀孕在身。

息格蒙特气绝了，黑乌尔迪司正在悲哭，她的侍女忽报有一队尾金（维京）来了。于是再躲入密草中，黑乌尔迪司和她的侍女互换了服装，然后出来见尾金（维京）的首领爱尔夫（Elf）。她们把经过的战事说得那么详细，以至爱尔夫也高兴极了。他敬重息格蒙特，收拾了尸身去举行隆重的葬仪，然后带黑乌尔迪司及其侍女回他的本国。

爱尔夫对于这两个女人的主从关系有怀疑；他用方法试出了谁是真正的黑乌尔迪司就要娶她为妻。黑乌尔迪司的条件是须得好好看管她的未来的儿子。

后来黑乌尔迪司果然生产一子，命名为喜古尔特。最聪明的莱金（Legin）担任了这个孩子的教育。莱金不但知道一切的事，并且知道他自己将来死于一青年人之手。

喜古尔特渐渐长大了，聪明胜过他的先生。他知道打造兵器，知道鲁纳文字，又善辩论；而且是无人能敌的勇士。到了成人之年，他向爱尔夫要一匹好马，当他去选马的时候，神奥定又亲自来指点他选了一匹原是奥定的坐骑的后代的好马名为葛腊纳。

有一个冬天晚上，喜古尔特和莱金围着火坐，莱金弹琴唱一首诗，自叙他的生平事迹：

赫吕特玛尔是侏儒国君，有三个儿子；长名发夫尼尔（Fofnir），有的是大胆子和强臂膊；次名奥忒尔（Otter），能变形为各物；三名莱金，有聪明的头脑和一双能干的手。为的要献媚于赫吕特玛尔，这第三子建筑一座房子，镶着黄金和宝石，而勇敢的发夫尼尔就做了守卫者。

有一天事情来了。奥定、海尼尔、洛克这三位神乔装为人类到了赫吕特玛尔的家。在门口，洛克看见一只水獭躺在日光下。这实在就是赫吕特玛尔的第二个儿子的变形，可是洛克不知道。他杀了这水獭，负在肩上，预备做一餐好夜饭。三位神进了赫吕特玛尔的房子，立刻就被擒住了。赫吕特玛尔要他们偿儿子的命，除非他们能够献纳金子来装满水獭皮。他先放了洛克，让他去设法收集金子来。

洛克找到了地下的黑侏儒，尽攫夺了他所藏的金子，又取了他的"可怕的盔"。但是因为那水獭皮是会自己扩大的，洛克觉得金子不够，又强抢了黑侏儒的"聚金指环"。这指环能吸引金子来，犹如磁石的吸铁。即使那位失了宝物的黑侏儒诅咒得此指环者将逢杀身之祸，洛克也不管。

既回到赫吕特玛尔的家，洛克拿出抢来的金子投在水獭皮上。

可是水獭皮随即扩大了，洛克的金子只见得太少。没有办法，洛克只好牺牲了他强抢来的聚金指环。于是三位神方能自由回去。

现在黑侏儒的咒诅可就要应验了。发夫尼尔和莱金都要分得一些金子，可是金迷的赫吕特玛尔什么也不给。发夫尼尔乃杀了父亲，又将要求分润财产的莱金驱逐出外。直到现在，莱金成为流浪者，全靠他的聪明过日子。至于那发夫尼尔，既久踞于他的金宝上，遂化成一条可怕的龙，住在格尼泰海特（Gnitaheid）。

莱金唱完了他的故事，问喜古尔特可愿帮助他去复仇。喜古尔特答应了，惟先须莱金为他铸造一口好刀。莱金铸造了两次，都被喜古尔特折断。后来喜古尔特从母亲取来了父亲所遗的碎刀片，方才造成了一口折不断的好刀。

喜古尔特先和莱金到服尔松格的家去复仇。他杀了莱格尼及他的一切族人，然后再和莱金要找那条龙算旧帐。

他们在山里骑行，山路是一步一步高起来，后至一荒凉砂碛，莱金说这就是发夫尼尔所居之地，请喜古尔特一个人前进。喜古尔特走了许多时，遇见一独眼老人，指点他须在这里掘壕沟，等待那毒龙出来时用刀刺它的心。毒龙是每天经过这砂碛，到河边去喝水的。喜古尔特依教掘了壕沟，躲在里头；当毒龙在沟上经过时，喜古尔特看准了龙的左胸刺一刀，果然杀死了这妖魔。

莱金看见危险过去了，方才走近来。他恐怕喜古尔特也要索报酬，就先抱怨喜古尔特不应该竟杀了他的哥哥。他说一命抵一命的话姑且不提，只要喜古尔特替他挖出龙心来烧好了给他吃，他也愿意和解了。喜古尔特慨然答应，暂时充当一次庖丁。莱金等着龙心来吃，一面又在打定主意，如何暗算这个年青人。

喜古尔特将龙心煮了一会儿，使用手去摸，想试试看是否已经烧烂。不料灼烫了手。他将手指放在自己嘴里吮一下，像是被灼烫的人们所常做的样子，立刻奇事来了；龙血一碰到他的舌头，他突然听得懂鸟的说话了。此时正有许多鸟在他四周啾啾地叫。喜古尔特用心一听，知道鸟们是在对他说：莱金不怀好意，应该杀了莱金，拿了他的金子，因为这是喜古尔特应有的战利品，至于龙心和龙血，则喜古尔特可以自己吃。这些鸟的忠告正合喜古尔特之意，他就杀了莱金，喝了龙血，又吃了大半个龙心，留下一小半预备后来再吃，取了"可怕的盔"、聚金指环，将金子装在他的马背囊里，他坐在鞍上再细听鸟们还有什么话。

他听说山里有一个睡着的女郎，身边围绕了猛烈的火焰，只有极勇敢的人能够走过去唤醒她。喜古尔特所要干的，正是这样的冒险。于是他就去找。他经过了极长而且难行的山路，终于在佛兰克兰（Frankland）的印达尔菲尔（Hindarfiall）看见一座极高的山峰似乎隐隐有火焰喷出来。

喜古尔特从山麓上去，火焰是更加厉害了，待到了山顶时，他看见一个火焰的圆圈，呼呼地响着，即使是最勇敢的人也会望而却步，但喜古尔特记起了鸟的话，便冲进这火圈子。现在那奔掣的火焰突然熄灭了，喜古尔特依着一条白灰的路径往前去，走到了一座堡垒。堡的巨门是大开着，喜古尔特纵马直入，毫没有阻拦。这里是没有一个人的。终于在院子中间，他看见披甲戴盔的一堆什么东西蜷伏着。喜古尔特下了马，将蜷伏着的那人的铁盔揭开来时，他不禁惊叫起来；原来不是一个战士，却是一个极美丽的女郎。他用种种方法想唤醒她，可是都无效。后来他脱她的甲，甲内衬的是雪白的女长袍，她的金色头发纷披在腰间。甲上的最后一扣子解开了时，女郎突睁开了她的美目。一线阳光射在她脸上，她的眼睛放出光彩。她回眸看那位救她醒来的少年战士。只在这一看时，这一对儿就互相爱上了。

女郎讲她自己的故事：她的名儿是勃伦喜尔特（Brunhild，有些神话故事说她是古时一国王的女儿，为奥定收去作为凡尔凯尔的，但也有说她是奥定的女儿）。她在天上是尊荣的凡尔凯尔女郎。因为有一次迕了奥定的意旨，被谪下人寰，且将和人间女儿们一样地须得嫁个丈夫。勃伦喜尔特为此很感不安；她生恐她的丈夫是一个卑怯的驽汉。为的要使她安心，奥定乃带她到这里印达尔菲尔来，用"睡角"触她，使她长眠，使她能在睡眠中保持了青春的美丽与活泼，等候她的命定的丈夫；他又用火焰的篱笆围绕在她周围，这样，除是极勇敢的人，便不敢进来。

勃伦喜尔特指着伦达尔（Lymdale），说是她从前的老家。不论什么时候，喜古尔特可以到那边去要求她为妻。于是喜古尔特将他的聚金指环套在勃伦喜尔特的手指上，算是订婚的定约。他发誓，永久只爱她一个。

据有些传说，这一对就此分别了。但据另一说，喜古尔特不久就娶了勃伦喜尔特，过了些快乐的时候，然后又不得不离开她以及新生的女婴孩。这个女孩名为阿司劳乌格（Aslaug），由外祖父抚养长大，三岁时藏在琴身里，逃难出外。半途上，外祖父宿于农家。农人以为琴中藏有金子，因谋害了那老人，打开琴来一看，却是好看的女孩子。阿司劳乌格在农家长大后，非常美丽，后嫁一尾金为妻。

至于喜古尔特和勃伦喜尔特分别的原因，据说是因为喜古尔特立誓要在江湖行侠，扶弱锄强，以期不负英雄本色。

喜古尔特漫游到了尼柏隆地方；这是终年有雾的国，吉乌克（Giuki）是国内的王，格林赫尔特（Grimhild）是后。这位后是很可怕的人，因为她不但能魔术，且能配合一种药水，令饮者尽忘前事而服从了她的意志。

他们有三个儿子，根那尔（Gunnar），虎格尼（Högni）和过托姆（Guttorm）；还有一女名古特伦（Gudrun），则是女郎中间最温柔最美丽的一个。喜古尔特受到他们的欢迎。吉乌克请喜古尔特多住些时，喜古尔特也答应了。不久，他的勇敢为王后格林赫尔特所赏识，思欲以为女儿古特伦的夫婿。因此，有一天，她配好了她的魔法药水，使古特伦拿给喜古尔特喝。结果是喜古尔特完全忘记了勃伦喜尔特以及他自己的誓约，却一心爱着古特伦了。

虽然是微感得忽忽若有所失那样的心绪不安，但是喜古尔特终竟向古特伦求婚而且成功了。他们的结婚使尼柏隆人都很快乐。喜古尔特拿出他藏着的半个龙心，给一些古特伦吃了；以后古特伦的性情就变了，除是喜古尔特以外，对于一切人都很冷冷地。喜古尔特又与根那尔及虎格尼结为异姓兄弟，永远不仇视。

过了些时候，老王吉乌克死了，长子根那尔嗣位。这个青年的国王还没娶妻，因此他的母亲格林赫尔特正在留心物色，她以为除了勃伦喜尔特再没有适当的人了，这位勃伦喜尔特，据传言所称则是某国王女，居于一金堡中，四周围绕着火焰，只有能够进这火焰圈子见她的英雄，她方才嫁；据说她是这样的宣言。

根那尔准备去找这位火焰中的女郎了。他请喜古尔特陪着做伴，又带了他母亲的魔法药水以备不时之需。但当他到了山顶的火焰围圈的外面时，虽然他敢上前，他的马却不敢。无论怎样鞭策，根那尔的马只有往后退，不肯上前。但喜古尔特的马却似乎并无惧色。根那尔因请与喜古尔特易马。但是喜古尔特的马也作怪，虽然让根那尔骑了上去，却不肯动一步。它是除了主人以外不负责任的！

现在，喜古尔特是戴着他的"可怕的盔"而根那尔又备着魔法药水，所以喜古尔特想来如果要和根那尔易形，倒是不难办到的；根那尔也觉得除此更无他法，也就同意了喜古尔特的提议，让喜古尔特化为自己的状貌进火圈子去求婚。于是喜古尔特进了火圈子，直找到堡内大厅上，遇见了勃伦喜尔特。这一对情人，现在却不相识了；喜古尔特自从喝了格林赫尔特的药酒，早已尽忘前事，而勃伦喜尔特呢，则因为喜古尔特已非从前的状貌，成为另一人了。

看见又有人闯进来，勃伦喜尔特很吃一惊。因为她以为除了喜古尔特便没有第二人能进来。但她还是坦然来迎接，而且当听说是来求婚的，她又允许他以丈夫的资格留在她旁边，因为她曾经有过严重的誓，凡能进火圈子来的，她不能拒绝。

喜古尔特和勃伦喜尔特同住了三天，他的宝刀亮晃晃地出了鞘，放在他的身体与勃伦喜尔特身体之间。他这不近人情的怪举动很使勃伦喜尔特起疑，喜古尔特则解释为神的命令要他的婚仪这样举行的。

当第四个早晨来了时，喜古尔特从勃伦喜尔特手指上取下那聚金指环，另换了一个，勃伦喜尔特则允许在此后第十天到尼柏隆宫廷来为妻为后。

喜古尔特出了那堡，报告根那尔事已成功，便又互换回各人原来的形貌，赶回尼柏隆。关于根那尔求婚的秘密，喜古尔特只对妻古特伦说，又将聚金指环戴在她的手指上，完全不想到大祸从此开始来了。

十天后，勃伦喜尔特果然来了。她温和地为根那尔祝福，而且让他引到大厅内；喜古尔特和古特伦正并坐在这厅内。当勃伦喜尔特进来时，喜古尔特刚好也举起眼来，恰正接受了勃伦喜尔特的熠熠地一瞥。立刻那久长的魔法消灭了，喜古尔特突然像从梦中醒来似的记起了已往的事。但是，已经迟了。勃伦喜尔特已成为根那尔的妻，而他，喜古尔特自己呢，亦早已为古特伦的夫。

日子一天一天过去，勃伦喜尔特表面上还是扬扬自若，可是心里却为怒而炽热，她常常从丈夫宫中偷偷地跑出来，到树林中去发泄她的忿懑哀怨。

根那尔呢，也觉得妻对于自己总是冷冷地，便开始起了疑了。他疑及喜古尔特也许竟已老老实实把求婚时易形的秘密告诉了勃伦喜尔特，或者是喜古尔特利用三天和勃伦喜尔特同宿的机会早已先取得了勃伦喜尔特的爱。

喜古尔特却比较的没有烦闷。他还是天天诛锄强暴者，赢得弱者的赞颂。

有一天，古特伦和勃伦喜尔特都到莱茵河里洗浴。古特伦要先入水，勃伦喜尔特却又不依，说是她的特权。因此，两位对骂起来了。古特伦骂她的嫂子不端正，先已有过爱人然后又嫁根那尔的，因举她自己手指上的聚金戒指为证。听了这些话，勃伦喜尔特心碎了，又看见那戒指在情敌的手指上，她一言不发，就奔回自己宫中，躺着发闷，不声不响，也不饮食。根那尔以及王族的人们都来劝慰，想引她说话，然而都无效。直到后来喜古尔特来问候时，她突然，像久湮而始通的泉水似的，倾泻出一大批的怨恨的话来，使得喜古尔特的心胀大了，竟爆断了铁甲的钮环。

当时那糟的情形不是话语所能形容的。喜古尔特自承愿离弃古特伦，可是勃伦喜尔特不许，且斥喜古尔特出去，说她不肯背负根那尔。

想到有两个活人都称她为妻，是勃伦喜尔特的高傲的心所不能堪的。于是根那尔来了之时，勃伦喜尔特要求他置喜古尔特于死。这使得根那尔的妒忌和怀疑更加深了。可是因为曾经和喜古尔特立誓不相仇，根那尔拒绝了妻的要求。勃伦喜尔特乃转而求之于虎格尼。然而虎格尼亦不愿破誓，却引过托姆以自代。可是要过托姆允任这件事，也全靠了格林赫尔特的魔法药水。

于是在黑夜里，过托姆偷进了喜古尔特的卧室。正待下手，却看见喜古尔特的闪闪的目光，便赶快退出来。第二次，他又进去，还是那样。第三次进去，喜古尔特已经睡熟了，过托姆乃以矛刺通了他的背和腹。

虽然受了这样的致命伤，喜古尔特还能坐起来，取下床头的刀来向逃走的刺客遥掷。过托姆被斩为两段死于门边。于是，微声对惊极了的古特伦说了告别，喜古尔特就绝了气。

喜古尔特的孩提的儿子也是同时被杀。可怜的古特伦对着两个死尸只是干哭，而勃伦喜尔特则大笑。这使得根那尔生气。他现在深悔不该不阻止这惨剧的发生。

尼柏隆人哀念喜古尔特，举行庄严盛大的火葬礼。许多送葬礼物，许多兵器，还有喜古尔特生前所骑的好马，都准备一齐火葬。妇人们最不放心的却是古特伦；因为她是没有眼泪的悲痛。许多妇人想引古特伦哭出眼泪来，可是都无效。直到后来把喜古尔特的头放在她膝上，她的眼泪这才像暴雨似的下注。

勃伦喜尔特看见了喜古尔特的尸身及其殉葬的宝马，忽然怨恨喜古尔特的意思都没有了。她回到自己卧室中，穿上最好的衣服，将她的物件都赐给了侍女，然后仰卧在床上由短剑刺通了自己的胸脯。

根那尔听得了这噩耗急来看时，勃伦喜尔特只剩一口气，恰刚巧能够说出她的遗嘱。根那尔依她的志愿，将她的尸身放在喜古尔特的旁边，中间则放着喜古尔特的宝刀，一如他们在山上堡中所过三夜的状态。

就是这样，勃伦喜尔特和喜古尔特同时火葬了。但据华格纳的《指环》① 一曲所写，则勃伦喜尔特是骑在马上，宛如她昔年做奥定的凡尔凯尔的神气，很悲壮地走入了大火葬堆，是一个更为悲壮美丽的结局。

古特伦还是不得安慰。她恨她的弟兄们夺去了她的亲爱人儿，不愿再住在故乡，往依喜古尔特的后父爱尔夫，他自从黑乌尔迪司死后，已另娶哈康（Hokon）王之女琐拉（Thora）为妻。古特伦与琐拉成了好朋友，古特伦消磨了好几年光阴在把喜古尔特的功绩绣在地毡上，以及抚养小女儿司温喜尔特（Swanhild），她的一对有光的小眼睛常使古特伦想起了已失的丈夫。

那时候，勃伦喜尔特的哥哥阿忒列（Atli）正为匈国国君，派人到根那尔处问将何以平他的妹子被杀之怨恨。根那尔的回答是，愿以古特伦为阿忒列之妻，只等待古特伦过了丧服的期限。过了若干时，阿忒列要求履行预诺了。于是尼柏隆兄弟们，以及他们的母亲，去找到了逃亡的古特伦，又用了魔法药水的帮助，居然怂恿她离开了小小的司温喜尔特，去做阿忒列的妻。

然而古特伦暗中不满于阿忒列；他的恶品行使她不乐。虽然

---

① 《指环》，即瓦格纳所著《尼伯龙根的指环》。

生了二子，爱尔泼（Erp）和绮忒尔（Eitel），曾不能稍减她怀念司温喜尔特的心。她的思想常眷念于过去，常讲到过去的事，万想不到她所说的尼柏隆的富有，竟引起了阿忒列的贪心，秘密地计划着如何夺取这国土。

阿忒列终于派了他的手下人克纳佛洛特（Knefrud）去邀请尼柏隆的亲王们到他国内来游玩，意要等他们来时杀了他们。但是古特伦已经看破了这阴谋，也派人送鲁纳文字的信及聚金指环给她的哥哥们；在指环上她用狼毛缠着。不料她的使者在路上将鲁纳文字移动了一部分，以至适成相反的意义；因而根那尔就决定接受了阿忒列的邀请，虽然虎格尼和格林赫尔特都以为不可去。

在动身以前，根那尔和虎格尼同到莱茵河上，将那尼柏隆的传国宝秘密地埋在河底一深洞内，并诫虎格尼誓勿泄漏。

于是根那尔和虎格尼就带了阿忒列的来使克纳佛洛特上路程去了。他们经过了许多冒险，然后到了匈国，立于阿忒列的宫内。那时，他们知道落了圈套，便先杀了克纳佛洛特，准备决一死战。

古特伦也来了。看见必须一战，她也拿了兵器，帮助她的哥哥。当匈人第一次冲杀上来的时候，根那尔弹他的筝，鼓励他自己方面的人们的勇气。在第二次相搏战时，根那尔舍了筝，也加入战斗。他们三次击退了敌人。后来其余的人都死了，只剩下根那尔和虎格尼二人，伤重而且力乏，遂为敌人所擒。

阿忒列审问根那尔兄弟二人，要知道尼柏隆的传国宝藏在何处。两兄弟都是一句话也没有。直到后来已经受了许多毒刑，根那尔乃说他曾经发过誓，除非他的兄弟虎格尼已死，他决不宣布那秘密，而且除非吃了虎格尼的心，他决不相信他已死。

为贪心所驱，阿忒列乃命杀虎格尼而挖他的心来。可是阿忒列的手下人不敢杀虎格尼那样的英雄，私自杀了一个怯弱的坏人喜阿列（Hialli），取他的心为顶替。但是根那尔一见这颗怯弱的心在盘子里只是发抖，他就大骂，说虎格尼勇者，他的心不会如此发抖。于是阿忒列下第二次命令。于是真的虎格尼的心拿上来了。根那尔看见那铁一般似的心，知道是真的了，就回头对阿忒列说，现在虎格尼已经死了，只剩他自己是知道那秘密的，所以这秘密是无论如何不会泄漏的了。

怒极了的阿忒列于是吩咐将根那尔投入一毒蛇洞中。他的两手被缚。他们把他的筝也投下去，所以他就用足指弹筝，引得那些毒蛇都入睡了。只有一条蛇，据说是阿忒列的母亲的化身，却不入睡，将根那尔咬死了。

阿忒列大张筵席庆贺他的胜利。他命令古特伦在筵前侍候，却不知道古特伦已经杀了他的二子，煮熟了他们的心作为肴膳，血混在酒里，又巧妙地将他们的颅骨作为酒器。阿忒列和他的宾客都喝醉了时，古特伦就放火烧宫，对不能逃走的阿忒列宣布了她的报复，也跃入火中死了。另一传说则谓古特伦用了喜古尔特的刀杀死了阿忒列，载他的尸身投于海中而后她自己也蹈海而死。第三传说那就差得很多，这说古特伦蹈海后并没死，却被海潮冲到了约娜柯尔（Jonakur）国王的境内，后为约娜柯尔之妻，生三子。并且她又得和她的女儿司温喜尔特再团圆。司温喜尔特已是很美丽的姑娘了。

关于司温喜尔特的结局，据传说则谓她许嫁于峨特王厄尔曼列西（Ermenrich）。这位国王特派了儿子兰特物尔（Randwer）和一臣西别乞（Sibich）来迎娶。西别乞是一个坏人，想要谋夺王位，因进谗于厄尔曼列西，谓王子兰特物尔见新后美，曾试要奸淫她。这使得厄尔曼列西大怒，遂缢死了兰特物尔，并命以马践死司温喜尔特。可是这位喜古尔特和古特伦所生的女儿是这样的美，野马也为之避道，没有一匹马伤及司温喜尔特的分毫。后来还是用大毡来遮住司温喜尔特的身上，这才由许多马足将她踏死。

知道了女儿被杀的消息，古特伦命她的三个儿子去报仇；她给他们以兵器及甲盔，这甲盔是只有石头能损伤。不久，她因悲愤过度，先就死了。

三个儿子进了厄尔曼列西的国境，长子苏尔列（Sörli）及次子哈姆迪尔（Hamdir）以为他们的三弟厄尔泼（Erp）太小太弱，未必能有多大帮助，遂把他先杀死。他们两个于是去攻打厄尔曼列西，砍去了他的手和足，正待杀死他，忽然出现一独眼的老人指导旁人以石块掷击这两位报仇的少年。于是因为他们的甲不能抵抗石头，这两位少年就都死了。

以上便是服尔松格传说的概略。关于这传说的解释，也有历史的与自然现象的两种。历史的解释谓阿忒列及根那尔都为历史上的人物。阿忒列为暴君阿底腊（Attila），根那尔则为葡尔根第（Burgundia）的国君根第卡列乌司（Gundicarius），于四五一年与其弟被杀，国亡于匈人。古特伦则为葡尔根第国的公主伊尔迪可（Ildico），在新婚之夕手刃了她的丈夫暴君阿底腊。她所用的刀就是战争之神体尔的那把刀。我们在第六章中曾经讲到过这件事。

至于自然现象的解释则谓服尔松格族的英雄如喜吉、勒列尔、服尔松格、息格蒙特和喜古尔特都是轮流地代表着太阳的。他们的兵器都是闪亮的刀，那是太阳光线的象征，而且他们都是走遍世界诛锄恶人的——寒冷与黑暗的妖魔。喜古尔特,像巴尔达尔似的,为人人所爱;他和勃伦喜尔特,这黎明的女郎结婚,可是不能长久相处,只在他将没落时又遇见了她。喜古尔特的火葬也是象征了落日的,正和巴尔特尔的火葬一样。杀毒龙发夫尼尔又是象征了日光之征服了寒冷与黑暗。

但在上二说以外,我们还应该不忘记神话和传说又是多少反映着原始时代的生活习惯和道德观念的。从佛利茄又是奥定之妹这神话,我们可以想象原始人中间曾行过血族结婚,现在从服尔松格传说,我们又可以想象这传说创造时代的风俗习惯,虽然这传说的背景是近乎半历史的事实。

参考用书表

1. *Saemund's Edda*（or *Elder Edda*）.

   Thorpe's English Translation.

2. *The Heimskringla*（or *Younger Edda*）.

   by Snorri Sturlusson（English Trans）.

3. *Viking Tales of the North*.

   by R. B. Anderson.

4. *Norse Mythology*.

   by R. B. Anderson.

5. *Literature and Romanse of Northern Europe*.

   by Howitt.

6. *Myths of the Norsemen*.

   by H. A. Guerber.

7. *Northern Mythology*.

   by Kauffman.

8. *Teutonic Myth and Legend*.

   by D. A. Macpenzie.

附 录

喜芙的金黄头发*

欧洲北部的气候十分寒冷，住在那边的人类，费了很大的气力，去和自然界的霜雪寒风相斗，仅仅能得生活。所以霜雪寒风是北欧人民有生以来的仇敌，环境既然如此，当然北欧的神话——就是原始的北欧人民对于自然现象的解释，和南欧（希腊）的，要有多少不同了。

原始的希腊人以为世界上先有一族巨人占据着，后来众神之王宙斯把巨人征服，乃创造人类；原始的北欧人也以为世界上先有一股异常凶恶的巨人，无恶不作，幸而众神之王奥定把这些巨人征服，乃创造人类，可是这些巨人的余孽尚时时出来残害人类，幸而奥定有个儿子菽耳（雷神）常常帮助人类，去压制那些巨人。

北欧神话中的巨人就是北欧人民最初的仇敌——霜、雪、寒

---

* 本篇最初发表于一九二五年二月二十八日商务印书馆出版的《儿童世界》第十三卷第九号，署名雁冰。

风的化身。当夏季既至，雷声始动，寒风匿迹了，霜雪也渐融化，北欧人乃有生活可言，所以北欧人把雷神当作恩人，编出许多故事来，讲雷神莪耳怎样征服那些凶恶的巨人。他们——原始的北欧人，想象雷神必有一件武器，就又编出一段雷神如何得这武器的故事来。

我们现在就要转述这一件故事。

莪耳的妻喜芙有一头金黄色的长发；这是象征那金黄的麦穗的，因为喜芙也是一位地神，莪耳常常夸耀他老婆这一头美发的，所以当那一天，喜芙早起时忽然头上光秃秃了，莪耳的愤怒，是可想而知了。他立誓要找着这个使暗计的人，加以惩罚；他断定这件事一定是那个惯会恶作剧的阴谋家洛克做的。

洛克晓得莪耳要来捉他，就变了形逃走！但是不中用呵！他终于被莪耳捉到，并且要打死他。

洛克自认知罪，并且愿意受罚，只要饶他一命。他提出种种请求，莪耳都不答应：直到后来洛克愿意设法偿还喜芙一头黄金的头发，莪耳方才饶了他。

于是洛克冒险钻到矮人们的地下洞府里，恳求矮人特凡林制造一头金头发，可以装在喜芙头上和生成的一样，并且还要制造两件宝物，送给奥定和佛利（太阳神），以解他们的愤怒。

矮人特凡林果然铸成了两宗宝物：一是神枪冈格尼尔，发无不中；一是神船斯刻特勃拉特尼尔，可以行水，也可以航空，并且不论多少东西也载得下，但是又可以折成小小的一叠，放在衣袋里。最后，特凡林纺成了许多极细极长的金丝，编作假发；他说，把这假发套在喜芙的头上，就会生根在那里，和生成的一样。

洛克见了这三件东西，大喜，恭维特凡林是世上最精巧的匠人。这句话，却被另一个矮人勃洛克听得了，便提起抗议；他说，他的哥哥辛特里能够制造更精巧更神奇的东西，"最精巧匠人"的头衔，应该是他哥哥的。洛克听说，立刻要勃洛克叫他哥哥也来制造三件东西，和特凡林制造的一齐献到众神面前，请他们批评，如果当真勃洛克胜了，洛克就输了自己这颗头颅。

辛特里听说洛克以头颅来赌，便依了勃洛克，开始铸造了。但是他警告勃洛克，如果想赢，须得坚忍做工，拉风箱的手不能停止一刹那。

辛特里把黄金投在炉里，叮嘱勃洛克努力拉风箱，便出外作魔法去了。这里的勃洛克果然很勤力地拉风箱。可是洛克却来使暗计了。他恐怕辛特里成功，自己的头颅将不保，便想用阴谋来破坏，他早已偷听了辛特里警诫勃洛克的话，知道只要风箱一停，辛特里的法术就会失效，所以他便变成了一只牛虻，飞到勃洛克手上使劲地叮了一下，岂知勃洛克忍着痛，竟不松手。不久辛特里回来，便从炉子里取出一头大野猪。这头猪浑身金毛，发射光明，能够腾空，名为古林蒲尔同底。

第一件宝贝既已造成，辛特里便开始制造第二件。他仍旧把黄金投炉中，嘱咐勃洛克留心风箱，又出去作法去了。洛克仍旧想破坏他们的工作，仍旧变成一只牛虻，却拣了勃洛克的面颊，使劲的叮；可是勃洛克还是拉着不放，所以洛克又失败了。等到辛特里作完了法来时，得胜地从炉子里拿出的是一个金戒指，名为特罗泼尼尔，每九天里会生出同样的金戒指八只。

现在要想造第三件宝物了。这一次，不用金子，却将一大块铁投入炉里。辛特里照旧出去，勃洛克照旧拉风箱，洛克见两次暗算，都没有成功，心里急得什么似的。这一次他得了个新计划；他仍旧变成牛虻，却来叮勃洛克的上眼皮。这疼痛是难忍的呵！可是勃洛克还是咬紧了牙关忍着，拉着风箱不放松一丝一毫。洛克变的牛虻也叮着不放，直到血流满面，淤塞了勃洛克的眼睛。这个时候，勃洛克因为眼睛看不见，有碍做工，不得不举手拭一下，再来拉风箱，就这一刹那的停顿，炉子里的东西出了毛病了。当辛特里回来开炉时，不禁失望地大叫一声，因为新出炉的神锤的柄儿，只有意料中一半的长！

虽然第三件宝贝的式样不好，勃洛克还是自信必胜的；他就带了这三件东西和洛克到神们所住的阿司加尔特山顶，将金戒指献给奥定，金毛猪献给佛里，神锤弥乌耳尼尔献给薮耳。这个神锤有极大的威力，不论是神是妖魔，都受不住它的一击。

洛克也把他的宝贝取出来：将神枪献给奥定，神船献给佛里，金假发献给薮耳。虽则这金假发委实神奇，一到喜芙头上就同生成的一样，而且比喜芙自己的头发更加美丽，可是神们都说勃洛克献的神锤更加有用，因为可以帮助薮耳诛伐巨人。勃洛克赢了。

洛克一见自己失败，变了形就逃，但是立刻被薮耳捉了来交给勃洛克兄弟们；不过薮耳又对他们说，"洛克输的是一颗头颅，并不连颈脖在内；你们只管拿他的头去，却不得损伤他的颈脖子。"

勃洛克兄弟虽然是巧匠，却不能砍了头不伤及颈脖，所以他们只将洛克的嘴唇缝牢，使他再不得搬弄是非。

葂耳的冒险[*]

雷神葂耳是北欧人民最崇拜的神；因为北欧人民以为葂耳是征服了害他们的巨人（就是冰雪），给他们生活的。

我们现在就要讲北欧最盛行的一个故事，说到雷神葂耳怎样冒险去征服巨人。

奥定（北欧众神之王）打败了巨人以后，世界上的人类始得安居，但是那些巨人并没有灭绝；他们被赶到冰天雪地的约丹赫姆（照北欧神话所说，这是巨人匿迹的洞府），时常想出来扰乱世界。他们不时吹些冷风出来，使得嫩的树芽冻死，使得花草不敢开花。雷神葂耳看见了这种情形，心中大怒，他说，"如果再让那些冰妖如此放肆下去，一定会弄到五谷冻死，人民要遭殃；我一定要打到他们的洞府，教训教训他们。"于是葂耳就带了兵器，驾起车子，那是两只山羊拖着的，叫洛克做伴当，要到约丹赫姆去。

---

[*] 本篇最初发表于一九二五年三月七日商务印书馆出版的《儿童世界》第十三卷第十号，署名雁冰。

他们车行了一天，就到了巨人们的居住界。那时天已黑了，他们看见一所茅屋，就跑去求住宿和食物。

茅屋的主人是一个农民，极和善，可是极穷。荻耳看见他拿不出什么东西来款待不速之客，就把自己的两只驾车山羊杀了，烤成极好的山羊肉，爽性请主人的一家都来吃。但是他先告诫他们，吃时不可把羊骨头折断，应该抛在羊皮里，这两张羊皮就铺在地下的。

农夫和他的家人从命，都吃得极快活；可是农夫的小儿子却受了洛克的愚弄，竟私将一根小骨头折断，并且吮了骨髓，然后抛在羊皮里。那小孩子以为这件小淘气是决不会败露的。

但是第二天早上，荻耳要出发了，取出神锤来打那两张羊皮，那两张皮立刻就地一滚，变为好好的两只山羊，只是其中一只微微有些跛。荻耳一见，就知道有人不遵守他的命令，私自把一根羊骨头折断了，立刻大怒，要杀农民及其家人。淘气的小孩子看见祸事闹大了，便向荻耳承认自己的罪，请荻耳不要连累别人。农人也求荻耳饶恕，情愿把自己的小儿子——就是那淘气的小孩子，还有一个女儿，都送给荻耳做跟人。

荻耳允许了，把两只山羊留在农人家里，嘱他们好好喂养，就带了洛克等，仍旧赶路去了。

他们步行了一日，到得天黑，正走在一块不毛的大平原上。又走了许多时候，荻耳看见远远有一丛黑影，像是房子。他们急奔上前看时，果然是一所大房子，但是形式非常古怪，没有窗，门极阔而又极低，里面也没有灯火。荻耳他们不问如何，走进房子，就在地板上睡着了。可是睡得不久，他们被一种雷似的大声音惊醒，并且他们身下的地板震动不停，像是猛烈的地震。荻耳他们恐怕房子坍下来，就跑到大房子左近的一间小房子——大约是厢房——里去避一避，这里的地板是不震动的。

　　于是荻耳等在那间厢房里过了一夜，第二天一早就起来，离开了这座古怪房子便向前走。他们走得不远，就看见了一个巨人躺在那里睡觉，鼻吸呼呼，极像雷鸣；荻耳等方才知道昨夜打搅他们好梦的，原来就是这个巨人的鼾声。这时候，那巨人已经醒了，伸一伸腰，站起来，向四面看看，拾起一件东西：原来荻耳他们昨夜误认作房屋的，不过是巨人的一只手套。荻耳等当作厢房的，就是手套上的大拇指。

　　这个巨人唤作斯克利密尔，知道荻耳等要到远吞赫姆去，愿做向导。他领着荻耳等四人走了一日。傍晚的时候到了一处极荒凉的地方，斯克利密尔说要歇息，就躺在地上睡着了。如雷的鼾声还是使得荻耳等不能安眠，所以荻耳取出他的神锤，三次猛击斯克利密尔的头；却不料这样的猛击，仅像一片树叶落在他头上，他还是呼呼的打鼾。菽耳没法，只好由他。

次日清晨那巨人醒了；他说他另有事情，不能领导，将路径指明，飘然自去。菽耳等四人又走了许多时候，方才到了巨人的酋长所住的洞府。那巨人酋长唤作乌忒茄尔特陆基，那洞府是用大块的冰构成，有极大的冰箸作为栋柱。菽耳等从极厚的冰门里走进去，正碰着乌忒茄洛基在里面。这个狡猾的巨人酋长看见菽耳等已经进来了，便满面笑容的出来欢迎，却又假装不认识他们，说他从来不曾见过这样矮小的人，不知道他们有什么奇异的本领。

洛克是时时想卖弄他的小巧技能的，听得了乌忒茄洛基的话，便要和他比赛吃的本领。

乌忒茄洛基便吩咐扛进一个极大的长木槽来，槽内装满了肉；他叫他的厨子洛琪和洛克对面坐下，就比赛谁吃得快。

洛克的吃的本领实在不坏：顷刻之间，他已经吃了半木槽的肉。但是他的对手吃得更快。洛克要拣去骨头，他的对手却连骨头都吞下去。

于是巨人之王微笑说洛克是失败了；他说，关于吃的方面，菽耳他们的本领原来不过如此。

这一句话，却激恼了菽耳。他提议比赛喝水；他说，无论怎样大的器皿盛了水，他都能一口气喝完。

乌忒茄洛基立刻叫人拿进一只角杯来，说道："会喝的人只要一口，就把这一杯水喝完，小喝的人须得两口喝完，量狭者方须三口。"菽耳看见那角杯并不怎样大，心想他只要半口就可以喝干，于是他低头将嘴唇贴在杯口，尽力一吸，自己觉得胸脯几乎涨裂了，可是他抬起头来看时，杯里的水还是满满的，并不见浅。他喝第二口，第三口，都不中用；杯里的水只略浅了一些，他也失败了。

这时候，徐亚尔菲（就是农人的小儿子，给菽耳做跟人的）提议赛跑。就有一个小孩子叫做虎奇的，来做席阿尔菲的对手。结果又是虎奇得胜，虽然席阿尔菲跑得异常快。

菽耳见三次比赛都失败，想显示他的大力以为补救。乌忒茄洛基听了，就请菽耳举起他的猫。菽耳将他腰间的宝带收紧，——这条宝带收紧时，菽耳的力气便增大了许多，——双手来捧乌忒茄洛基的猫；哪知他用尽了力气，仅能提起猫的一只前脚。

最后，菽耳请与乌忒茄洛基的老乳母比赛腕力；这个老妇人衰弱到走路都不能够，似乎菽耳这一次可以得胜了。然而结果仍旧是菽耳失败。

于是乌忒茄洛基不再和菽耳等比赛了，却请他们吃了一顿极好的饭，劝他们且去休息一夜。

到了第二天，乌忒茄洛基送他们出了巨人国境，就很客气地告诉他们，他是会魔术的，请他们不必再来。他并且说明，他就是那个引路的巨人斯克利密尔；当菽耳用神锤猛击他的头时，他幸而早已得知，使法术搬一座山来承受菽耳的猛击，否则，他早被打死了。他又告诉他们：洛克的对手是"野火"；和席阿尔菲赛跑的是"思想"；菽耳喝的角杯里装的是全世界海洋的水，菽耳的三次喝已使海水成为潮汐；那猫实在是环绕大地的毒蛇茄尔特，几乎被菽耳拉出海来；老乳母爱利是"老"，所以没有人能够胜它。

那巨人把一切都说明白了，又警告菽耳等不必再来；若要再来，他还是用魔术来保卫自己，菽耳决不能占便宜的。说完话，那巨人忽然不见了。

菽耳听了大怒，立刻挥起神锤，要打那巨人，和他的洞府，但是忽然起了一层浓雾，把巨人的洞府遮盖得毫无踪迹，菽耳他们只得怅怅而返。

菽耳这一次远征，虽然并未将巨人剿灭，但是已经使那些巨人知道他的威力，所以躲在冰窖里的巨人，以后也不敢公然作怪了。

亚麻的发见*

从前有一个农人和他的妻子住在山脚下。他每天领着一群羊到山上去吃草。当那些羊散开了啃啮细草的时候,我们这位小农夫就取出他的小弩来射山鸟儿。他的射箭功夫极好,每天总能射下几只小鸟儿,带回去和老婆儿子分吃;有时他竟能射得一只羚羊,那就够好几天的吃用。

一天,他照旧在山里牧羊,照旧弯弓搭箭,找寻什么活的东西来射射,忽然瞥见百步之外,有毛茸茸的东西一跳——像是羚羊,又像是野猪;我们这位好的小农人见是"异味"来了,赶快追踪前去,一连翻过了几座山头,只见那畜生在一块大而光滑的圆石旁边一闪,便不见了。这个农夫急赶到圆石边看时,没有野兽,却见一个洞门。洞门四周,白皑皑的都是积雪;原来农夫贪逐野兽,不知不觉已爬到人迹罕到,终年积雪的山顶了。

---

* 本篇最初发表于一九二五年三月十四日商务印书馆出版的《儿童世界》第十三卷第十一号,署名沈雁冰。

农夫见入山太深，不免有几分惊惶，又挂念他的一群羊，可是那洞门又引起了他的好奇心，他竟大胆走进去。

他进去后更加惊奇了：原来洞里有人，并且有无数的光彩夺目的宝石，与洞顶垂下的石钟乳，相映成趣。他看见一个极美的妇人，穿一件银光的白袍，翘然立于人群中；一群可爱的女郎，都簪着玫瑰，环绕那贵妇人，像是她的侍女。

这个时候，我们那从未见过世面的小农人，委实发昏了；他做梦似的跪在那王后般的妇人面前，并且恍惚听得那妇人对他说，他若喜欢看见的东西时，可以随意带些回去。

我们试想：这个奇怪的洞里有多少宝石，都是那农夫从未见过的，大概他总听得人们说过宝石是怎样的可贵，像他那样的人，只要得一粒宝石，就可终身吃用不尽；现在却有许多宝石搁在他面前，由他自己拣选，随意带些回去，这真是天大的运气，难道他还不双手来掬，尽量地往自己口袋里面装么？

岂知我们这位小农人真有些古怪。虽然那些宝石的奇光，耀炫他的眼睛，他却并不介意；他只中意了那贵妇人手中的一朵小小的青花，他畏缩的说，只要带这朵花回去。

那贵妇人就是神王奥定的后佛利茄，听得农人的请求，十分喜悦，就把手里的青花给了他，并且称赞他选择得很好，说他的寿命，将和这朵青花一样长，花若不萎，他也不会死。

弗烈喀又取出一撮种子给农夫，嘱咐他回去好好的种植。农夫受了花和种子，告辞而出。忽然一声霹雳，地也震动，那农夫看见自身已在山脚下了。于是他觅路归家，见了老婆，就将刚才的奇遇告诉她，并且给她看可爱的小青花和那些种子。

小朋友呀！你们知道农夫的老婆听了丈夫的故事以后，说什么话？她没有一点喜色，却反大怒；她骂她的丈夫是大呆子，放着现成富贵不拿，却去要那不值一分钱的草花；她几乎要将那朵小青花揉碎，将那些种子抛掉。

虽然他的老婆这样怒骂，那农夫仍旧高高兴兴的把青花供养起来，把种子撒在泥里。那小小的一撮种子竟播满许多亩地。

不久，小的绿茎从泥里钻出来，渐渐的高大，又生出尖头的狭长叶子，摇摇摆摆的非常好看。农夫的老婆还是不愿看的，可是农夫却时常对着这种不知名的植物细看，并且猜想它会开什么花，结什么子。他有时还说恍惚看见一个白的人形，在这些植物上飘然而过，伸着双臂，像是祝福。

农夫的邻舍看见好好的田地不种五谷，却尽种了些野草，都笑那农人是发痴；他们看见他时常蹲在那里对那些野草出神，更笑他。可是那农夫不管人家笑不笑，只是勤勤恳恳的将护那种不知名的植物，望它开花。

果然有一天，那些植物齐放花了；也是小小的四个花瓣的青花，和山洞里带来的一模一样。这时候，农夫快活极了，他更加不辞劳苦，天天去照顾。后来花萎，结子，他又看见女神弗烈喀来教他收获那成熟的植物，并且教他怎样将这些植物的纤维纺成纱，又织成布。原来这种植物就是亚麻。

布织成后，邻舍们都来买；不久，远处的人也来买。到这时候，他的老婆自然不讨厌这种植物了；他们夫妻俩：一个种植，收获，一个纺，织。他们不但卖布，并且卖种子，所以不久他们就成了富人。

北方寒冷的地方，棉是没有的，幸而这个无名的农夫发现了亚麻，于是北地人乃不至于一年四季都披着野兽皮，这真是有功于人类的一件事呀。

至于从山洞里带来的那朵小花，那农夫是一向珍视的，总是颜色鲜艳，不会萎谢，忽然一夜萎了；那农夫记起弗烈喀对他说的话来，知道此花既谢，自己的寿命也不久了，便爬上山岭，找他从前到过一次的山洞。他这一次出去，就没有回来；大概是弗烈喀留住他在那个古怪的洞府里享福了。

芬利斯被擒[*]

恶神洛克瞒着众神，私自在约丹赫姆娶了一个女巨人，名叫安古尔蒲达的，做了老婆。这个女巨人替洛克生了三个孩子，都是妖怪：一是巨狼芬利斯，一是死神赫尔，一是大蛇俞尔芒甘特尔。

洛克知道他的三个妖怪孩子，一定是众神所不容的，便把他们藏匿起来，不让别人知道；可是这三个怪物长大得极快，不多几时，洛克的洞里已经藏不下他们，只好放他们出来见见天日了。

三位宝贝一出来，众神之王奥定的慧眼立刻看见了；奥定知道这三个魔王长大后，一定要残害人类，难以制伏的，就立定主意先下手，免有后患；他驱逐黑尔到地下的幽冥世界，叫她做鬼王，不许到人间来；他又将大蛇约尔莽甘特尔投入海内，这条蛇到了海里还是天天长大，直到环绕大地一周，头接着尾巴；只有芬利斯，似乎不是十分凶恶，奥定就留在神国里，想驯练他成为守护神国

---

[*] 本篇最初发表于一九二五年三月二十一日商务印书馆出版的《儿童世界》第十三卷第十二号，署名雁冰。

的神兽。

众神看见奥定收留芬利斯在家里，都摇摇头，不以为然；他们都不愿意走近芬利思身边，因为芬利斯虽然还幼小，却已十分凶恶可怕了。只有战神体尔是胆大无畏的，于是他就担任了喂芬利思的职务。

芬利思一天一天尽大起来，愈加强壮，愈加凶恶，看来驯服他是办不到的了；于是众神商议怎样处置这可怕的妖怪，免得他愈大愈强，弄得没法收拾。他们都主张捉住芬利斯，杀了他。

但是芬利斯那时已经极强，众神都打不过他，要捉住他是不容易的；所以众神又定了计策，骗芬利斯自来受缚。他们特铸了一条极坚固的铁链，唤作蓝锭，然后在芬利斯面前夸奖蓝锭的坚固，并且故意说芬利斯虽则力大，亦未必能挣断这条铁链。骄傲的巨狼听见神们说他不能弄断蓝锭，很不服气，偏要来试试；他不知神们有计，竟让他们将蓝锭缚牢了他的身体。捆扎妥当以后，神们都远远站开，等待芬利斯施展他的蛮力。果然芬利思一阵纵跳，便把蓝锭弄断了。

神们看见芬利斯如此力大，都着急得了不得，但是面上并不露出来，反而大声称赞芬利斯的力气真大。他们再去铸造一条更坚固的铁链，名为特罗麦，又用前法诱芬利斯来上当。不料芬利斯一阵纵跳，特罗麦也像朽索一般断作寸寸了。

神们看见特罗麦又被扭断，知道平常的铁链决不能收服芬利斯了，便差光神弗里的侍者斯吉涅尔到地下洞府找着矮人们制造一条魔力的索子。

奇怪的矮人奉了这个命令，就用魔术收集了猫的步武，妇人的须，山的脚，熊的贪馋，鱼的口音，鸟的涎沫，——这些奇怪的材料，制成了一条极细的丝绳；据矮人们说，这根丝绳，是万不能断的，你愈用力拉，这绳子愈坚固。

既有了这条神奇的绳子，众神们第三次来诱芬利思受缚，试试体力。不料这个芬利思却极狡猾，他看见众神拿了一条极细的丝绳来试验他的体力，便动了疑心，执意不肯。众神半激半哄，好容易把芬利斯劝动，却还附带一个条件是：须得一位神把臂膀放在芬利思的口里（直到他扯断绳时为止），以保证神们没有阴谋，——那丝绳里没有魔术。

芬利斯这个条件一提出来，众神都吓得面如土色，缩退几步；只有大胆的铁耳不怕，他愿意将臂膀放在芬利思的利齿如剑的嘴里。

这样，条件办妥了，芬利斯让众神将那根丝绳子，唤作格兰泼尔，捆牢了自己的颈脖和脚爪。神们带芬利斯到阿姆斯浮忒尼湖中央的兰格尾岛上，将丝绳的两端绞盘在巨冰岩上，留着战神铁耳伸出一只手搁在芬利思的嘴里，众神就都远远的站开，静待试验的结果。当他们看见芬利思发狂似的纵跳，张大了嘴，直着脖子怒嗥，浑身的粗毛几乎根根直竖起来，然而终于挣不断那根细丝绳，他们都大笑。但是铁耳这时候却不能分有他们的快乐。因为芬利思早就把他的手咬去，算是报了被骗之仇了。从此以后，战神铁耳只剩了一只左手。虽然只剩一只手，铁耳还是勇不可当，没有人敌得住。

众神既将芬利思捉住了，知道他万逃不脱，也就不去杀他，只把那丝绳的两端绞牢在大冰岩上，深埋入泥里。芬利思张大了可怖的嘴，一刻不停的狂嗥，那声音非常可怕，人类听了都要心冷。众神们因为要禁止他嗥，便取一口宝剑投入他嘴里；刚好那剑尖便刺入上颚，剑柄却撑住了下颚，芬利思再也不能嗥了。血从他的嘴里流出来，成了一条大河。

就是这样，可怕的芬利斯永久被缚在那里，嘴里撑着一柄宝剑，连嗥叫也不能；他大概永远不会挣断那根小小的奇怪的丝绳了，虽然他没有一刻不在那里用力挣扎。万一被他挣断，那便是世界的末日到了。

青春的苹果[*]

春之女神伊童，是诗歌之神蒲拉吉的夫人；她是永不会死的。她有一只篮子，里面满是红嫩的苹果。谁吃了这种苹果，就能返老还童，所以唤做青春的苹果。那篮子也是一件奇异的宝物；因为不论你拿出多少苹果，那篮里总还是满满的，永不会缺货的。

当伊童带了她的苹果篮到神国的时候，神们都极欢迎；我们要晓得，北欧的神大都是神与巨人的杂种，不免要老死，如今得了伊童的青春苹果，他们便不怕老死了，所以他们加倍的欢迎伊童。

青春苹果既然这样的可贵，便有许多妖怪垂涎，想尝一只，扑去几分老气；但因伊童十分宝藏这宗宝贝，总是想不到手。

有一天，奥定，海尼尔和洛克，照例到地上来游玩。他们走

---

[*] 本篇最初发表于一九二五年三月二十八日商务印书馆出版的《儿童世界》第十三卷第十三号，署名沈雁冰。

了许多路，到得一个荒凉的地方；他们都觉得肚饿，可是这个荒凉的地方简直没有可吃的东西，除却了一群野牛。于是他们只得捉了一头牛，杀了，生起火来，想烧牛肉吃。哪知烧了许多时候，那些牛肉总不肯熟。奥定他们看见事情古怪，便猜到一定有什么妖怪在那里施魔术，使得牛肉不熟；他们向四面找，果然看见旁边一棵大树上有一只苍鹰，瞪着一双怪眼，摆出十足的嫌疑犯的面孔。

那苍鹰看见已经被奥定他们找着，知道赖不过去，便直认是他使的魔术，现在他愿意取消魔术，只要牛肉烧熟后让他也吃一顿饱，奥定他们允许鹰的要求，于是那鹰飞下来，张开巨翼，用力扇那些火，果然牛肉立刻就烧熟了。

鹰本说牛肉烧熟后要让他吃一顿饱，所以他就拿了三分之一的牛肉想走。这样一来，却急坏了洛克；因为他的食量最大，——想来诸位还记得他在巨人国里赌吃的故事，本来一只牛只够他一人吃，现在不但要和奥定他们分吃，那苍鹰先要拿去三分之一，岂不更减少了他的份儿呢，他怎么不着急呢！所以他随手拾起一根树枝，便打那鹰，竟全然忘记了那鹰是精通魔术的。

果然，祸事来了！洛克手里的树条儿一碰着苍鹰的背脊，便两端都作怪了：一端生根在鹰的背上，一端生根在洛克的手里。

那鹰便振翼向空中飞去，拖着洛克在后头，洛克吊在半空，没法脱身，看看下面，十分害怕；他哀求鹰放他，鹰付之不闻，只管飞——飞，顷刻飞得极高，看不清下面的土地了。洛克要性命，无论什么哀求的话都说过了，但是都无效；直到后来他发誓：如果放了他，不论叫他做什么事，他都去。

这只鹰原来是主管暴风雨的巨人第亚西变的，他特设这个骗局，是别有目的的；当下他听得洛克请求饶恕的条件，十分满意，便放了洛克，叫他回去将春之女神伊童骗出来，最要紧的是要叫她带着她那苹果篮出来。

洛克得了性命，没口答应。他回到他和同伴烧牛肉的老地方，看见奥定和汉尼尔还在那里；不过牛肉已经吃光，他们正要回去。他们看见洛克回来，大喜，问起如何得脱，洛克随口撒了个谎，也就混过去了。这时候，洛克只挂念着允许染散的话，连吃的心思也忘了，便饿着肚子，跟了奥定等回到阿司加尔特（神居的府）去了。

既到了阿司加尔特，坏的洛克便计划怎样骗伊童的方法。三五日以后，洛克探得蒲拉吉有事出门去了，只伊童一个人在家里，他就跑去对伊童说，他在某处看见了些苹果，简直和她的苹果一样，他是疑心她的苹果种已经流传到外边了。伊童不信。狡猾的洛克就说道：“你既然不信，何妨亲自去看看呢？好在那苹果就生在离这里不远的地方。”被他这么一说，伊童果然要洛克同去看一看。但是洛克又说道：“你就空手去么？你总得带了你的篮儿去，那么也好比较比较是否一模一样呵。”伊童不知洛克是计，听得话很有理，果然带了她的苹果篮，和洛克离开埃司茄尔特。

他们两个走了不多的路，洛克又托故溜走；原来他是去报告染散，说已经把伊童骗出来了。伊童在路上等了许久，还不见洛克回来，又不知他说的苹果生在何处，就想回家去。但是还没有到埃司茄尔特，那暴风雨的巨人染散仍旧变做一只鹰，疾电也似从北方飞去，伸开利爪，抓住了伊童，就向他的荒凉不毛的家飞回去。

伊童到了染散的家里，自然是十分悲苦的；但是她毅然拒绝染散提出的交换条件：给他苹果；还她自由。她不许染散有一小片的苹果上口。我们要晓得，谁要吃那些青春的苹果是须得先经伊童许可的，不然，就不能吃，所以染散若不得着伊童的许可，虽然有苹果亦不中用，他只好将伊童软禁在家里，慢慢想法子。

这个时候，住在埃司茄尔特的神们还不知道伊童是被巨人抢劫去了，还以为她是和丈夫出门游玩去了。后来日子过得久了，还不见她回来，方才大家着急起来。并且他们上次吃的青春苹果的力量已衰，他们渐渐的又老起来，如果再隔多少时候没有新的青春苹果吃，他们是要老了；因此神们更着急的要知道伊童的下落。

他们从各方面探听，证实伊童最后在埃司茄尔特的时候，是和洛克在一处的，便去查问洛克。洛克看是抵赖不过了，只好把自己所做的事，一一招出来。

我们应该想象得到，当神们听完了洛克的供词，是如何的愤怒呀！洛克知道如果自己不去把伊童找回来，是难保性命的了；他就请求众神许他戴罪立功，在他身上，把伊童找回来。

一切都商妥后，洛克便向佛利夏（美之女神）借了一套大鹏的羽毛，飞到暴风雨巨人染散的家里。刚巧第亚西不在家里，只见伊童一个人在那里悲泣；于是洛克便将伊童变作一个硬壳果，（或说是一只燕子）抓在他的爪里，急向阿司加尔特飞回去。

这个时候，阿司加尔特的众神都站在堡堞上等候洛克回来。他们的忧心惴惴，实在过于洛克。他们料到暴风雨的巨人决不肯让洛克和伊童好好儿回来的，他是必然追赶的。所以他们便在堡堞上堆积了许多柴，预备第亚西追来时用火攻他。

忽然他们看见一只大鹏没命的飞来，他们知道是洛克来了。但是大鹏后面紧跟着一只大苍鹰，追得极快。这苍鹰就是第亚西，他刚要回家，半路上看见一只大鹏便知道是神变的，知道一定是为了偷回伊童而来的，就鼓翅追上来。染散飞得比洛克更快，看看就要赶上。站在阿司加尔特堡堞上的众神们好不着急。幸而洛克看见埃司茄尔特已在眼前，陡然精神一振，加速度扑他的羽翼，便像一颗流星，直坠入堡中神们的堆里了。接着，那苍鹰也扑到堡堞边了，但是众神早已预备好，立刻举火，柴堆齐燃，把苍鹰的羽毛烧坏，落在地下，被神们杀死了。

伊童既变回原来的形状，她的一篮苹果还是好好的，神们已经等得不耐烦了，觉得老了好些了，所以伊童就取出苹果请他们吃。立刻神们又都回复成少年。他们说，青春苹果确是宝物，无怪巨人要抢。他们因恐染散的同类要来报仇，就把他的两眼挖出来挂在天上，作为两颗星，算是慰藉的意思。

这一段神话正和希腊神话里普洛色宾的复归一样，是比喻春天的暂去而又复来的。伊童是比喻春天的百草，被秋天的暴风雨（染散）强抢了去；但是当南风（洛克）再来时，就把伊童带了回来，地上又是春天了。

为何海水味咸*

佛利是北欧神话中的和平与兴旺之神。他常常离开神国,到人间来游戏,相传他曾经做过瑞典国的皇帝,又做过丹麦国的皇帝。当佛利在丹麦的时候,曾从火龙的毒爪下救出一个美貌女子名唤葛尔达的;后来这个女子就做了他的老婆,生下一个儿子名为佛罗提,也做了丹麦国古代有名的皇帝。

我们现在,要讲的"为何海水味咸",就是佛罗提的故事。

佛洛提是和平神佛利的儿子,所以取名为"和平的佛洛提"。可是这位国君,和平是和平极了,只可惜贪得无厌,酷嗜金钱宝贝,很有些儿和希腊的迷达斯国王相似。

有一天,佛罗提得了一件法宝,是两片磨石,叫做格罗底;不论你想要什么东西,只要把这两片磨石一转,立刻就有,如果你转个不停,那么,你所要的东西,也就像泉水一般从磨石的孔

---

* 本篇最初发表于一九二五年四月十一日商务印书馆出版的《儿童世界》第十四卷第二号,署名沈雁冰。

里滚出来，永远不会完的。我们自然想象得出那贪财好货的佛洛提得了这宗宝物，是如何的快活了。

但是佛洛提还不十分欢喜；因为那两片磨石很大很重，所有佛洛提的卫士都去推转，还是丝毫不动。既不能转动这两片磨石，自然没有东西磨出来，这一宗宝物不过是废物罢了。因此佛洛提十分焦灼，四处招募大力士来试试推动这两片古怪的磨石，可是都失败了。

后来佛洛提到瑞典去，看见两个女巨人，名为曼尼亚与番尼亚，生的一身好筋肉，似乎是很有力的；佛洛提就买了这两个女巨人做奴隶，原想回到家里叫她们试推那两片怪磨石的。

果然这两个女巨人很容易的便把磨石推动了。佛洛提这一喜，非同小可；他立刻乱喊了一阵"黄金，和平，兴旺"，命令曼尼亚和番尼亚只管推——推，直到黄金堆满了佛洛提的宫廷，和平与兴旺布满了丹麦国内，佛洛提方才让曼尼亚她们略略休息一下子。

现在佛洛提的贪心被激起了：他要金珠宝石，又要康健幸福；他竟不分昼夜的强迫那两个女巨人推磨，只许她们休息极短的时间——唱一首诗的时间。所以佛洛提和他的百姓虽然靠这古怪磨石之赐，快活极了，而两位推磨的人却疲倦得要死。久而久之，曼尼亚和番尼亚恨佛洛提次骨①，时时刻刻想逃走，想报仇。

有一夜，佛洛提睡了，曼尼亚和番尼亚依旧推转那两片磨石；佛洛提本来叫她们唱着和平的歌，要磨石散布和平的幸福，曼尼亚和番尼亚因为要报仇，便诅咒佛洛提不得善终，诅咒他的国内要逢着刀兵之灾。她们一面诅咒，一面尽力推磨，立刻效验来了：北海的海盗尾金率领着大批的强盗乘夜攻进丹麦国里，将丹麦人乱杀乱砍。曼尼亚和番尼亚不停的诅咒，不停的推磨，那些丹麦人便只管呼呼酣睡，毫无抵抗，尾金们便只管杀，直杀到不留一人。

尾金们杀完了人，放了火，抢了东西，就打算回船；但是尾金的酋长米辛格是一个多见博闻的聪明人，他知道那两片大磨石格罗底是一宗法宝，那两个推磨的女巨人是奇人，就一并带了磨石和女巨人一同上了自己的船，想磨出些珍宝来自己受用。

那时最贵重的商品是盐，所以米辛格便叫曼尼亚和番尼亚推转磨石，放出盐来。那磨石是有求必应的，既经推动了，便产出盐来，堆满了尾金们所有的船。

但是米辛格也是一个贪得无厌的人，并且比佛洛提更加凶暴；佛洛提还许曼尼亚她们有极少的休息时间，米辛格简直不让她们休息，连唱一首诗的休息时间都不许。这两个可怜的女巨人推倒

---

① 次骨，入骨的意思。

了佛洛提，以为可得自由了，却不料到了米辛格的手里，更加不自由。米辛格又监视得极严，曼尼亚她们想用老法子来报仇也不能够；她们只好尽力的推一推，产出无量数的盐来。

盐只管产出来，直到尾金们的船不胜其重，都沉没在大海里；米辛格和他的人都做了贪心的牺牲。

至于那两片大磨石和曼尼亚她们，也同沉在海里了；曼尼亚她们在海底还是推动磨石，磨石还是放出盐来，但都融解在海水里，因此海水永久味咸，成了盐水。

北欧神话的保存*

保存北欧神话到我们手里的,是三个方面:一是古代金石器上雕刻的鲁纳文(Rune,北欧古文)的铭识,二是古代北欧行吟诗人(Skald)的诗歌,三是北欧史诗《厄达》(Eddas)[1]与《佐贺》(Sagas)[2]。现在分开来略述如下。

(一)鲁纳文的铭识在北欧流行最早的文字名为 Rune(北欧古文),义即"神秘"。因此种文字,最初仅为一种奇形的记号,意为含有神秘力的。后既用作字母,故 Rune 亦训字母。今所存最古代的斯堪底那维亚的鲁纳文的遗迹甚寡:一为金角上之铭刻,此金角大概是公历三世纪或四世纪之物,距今百八十年前在什列斯威(Schleswig)地方出土;一为挪威的吐奈(Tune)地方的石刻。此等铭刻,虽甚简短,但均有神话的价值。至于年代较后

---

* 本篇最初发表于一九二八年七月《文学周报》第七卷第一期,署名玄珠。
[1] 《厄达》,通译《埃达》,冰岛诗人斯诺里·斯图鲁松于十三世纪写成的北欧神话传说。
[2] 《佐贺》,通译《萨迦》,北欧传说,十三世纪前后冰岛和挪威人记录的古代传说故事。

的鲁纳文，则所存尚多；瑞典、丹麦及人岛（Isle of Man）皆曾发现多量的雕刻着此项文字之墓碑、匙、椅、桨等物。此项器物上的刻文，或为颂神之词，或为爱恋之句，大都是北欧神话之片段。

（二）行吟诗人的诗歌北欧的行吟诗人，叫做Skald，他们的职务是掇拾古来的传说而编为歌曲；特以战争的传说为他们最心爱的题材。此种歌曲，名为Drapas。他们的起源，已不可考，惟知冰岛的Skalds直到十四世纪时对于北欧文学的发展还是极重要的分子。如果没有了这一班分子——诗人，北欧的许多传说和神话都不能保留到我们手里了。就艺术方面而言,此等诗歌已很进步,但是它的异教精神仍旧活泼泼地在内鼓动。

（三）《厄达》与《佐贺》但是北欧神话最重要的记载却是《厄达》与《佐贺》。"厄达（Edda）"这个字有时用为"曾祖母"之义；一说是日耳曼古文Erda一字之讹，Erda义为"地母"；又谓北欧诗之首句曰"厄达"。然近来学者都以为"厄达"当训为"心"或"诗"。今有称作"厄达"的北欧古籍二部；一为斯诺里（Snorri）本，又名《散文厄达》（*Prose Edda*）或《小厄达》（*Younger Edda*）；一为陕蒙德（Saemund）本，又名《韵文厄达》（*Poetical Edda*）或《大厄达》（*Elder Edda*）。

《小厄达》即《散文厄达》，相传为斯诺里（Snonrri Sturlason,1178—1241）[①]所传，故称为"斯诺里本"。此本大部为散文，内容包括神话的故事、诗品、文法与修辞等部分。一六四三年，始名此神话材料与评论诗法的论文之混合古籍为《厄达》。现在多数学者的意见，以为斯诺里所著者，当为诗品一章及讨论文法与修辞的一章，至于神话的故事，则认为乃斯诺里根据旧本编订润色，未必即为他所著作。然十四、十五世纪的北欧诗人常引"《厄达》诗法"云云，而未尝齿及斯诺里之名，则又令人疑斯诺里撰著编订之说，并皆无稽了。惟古籍作者主名，疑似难信，大抵如斯，我们正可不必深论。斯诺里本，后又经奥拉夫松（Magnus Olafsson,1574—1636）增订，反较原本为流行。

至于《大厄达》，则另出一源。一六四二年，勃利尼哇夫主教（Bishop Bryniof Sveinsson）得了一册神话诗的抄本；此抄本原无作者之姓名，但勃利尼哇夫则武断以为是古哲人陕蒙德（Saemund the Wiseman,1056—1133）之作，因而称为"陕蒙德本"。又以别于"斯诺里本"，世遂称"陕本"为《大厄达》或《韵文厄达》，而称"斯本"为《小厄达》或《散文厄达》。最古的

[①] 斯诺里，即斯诺里·斯图鲁松。

《韵文厄达》抄本乃十三世纪之物；而其材料之搜集当亦不后于一一五〇年。近代学者研究《韵文厄达》中所述及之风俗，法律，文物，又断定此诗作者当为南方挪威人。《韵文厄达》里的神话，有关于巴尔特尔（Balder）的命运的故事，斯吉涅（Skirnir）旅行的故事，荻耳（Thor）的雷锤的故事；而关于尼柏隆（Nibelung）故事的十二首诗，尤为重要；因为著名的日耳曼传说《尼柏隆根歌》（*Nibelungenlied*）① 就是从这里脱胎的。

《厄达》里面的神话尚含有许多既非日耳曼民族的，又非北欧民族的气分。至于《佐贺》（Sagas）的气分，则彻头彻尾是北欧民族的。在那些散文的传说中，自然以服尔松格传说（*Volsunga Saga*）为最重要；此篇大概成于十二世纪，取材于《大厄达》的诗，及当时流行于人民口头而今已失坠的民间故事。

---

① 《尼柏隆根歌》，通译《尼伯龙根之歌》，德国中世纪著名民间史诗。

希腊神话与北欧神话[*]

一　相异与相同

南欧和北欧，民情和风土，都有若干的不同；文学和艺术的情趣，自来即有显著的差异。所以在神话上，如果看见南欧的希腊神话与北欧的北人（Norsemen，实为古代斯堪底那维亚人之称）神话有多少相异，乃亦未始非理所当然，反而觉得这两大系的神话的太多的相似处，倒是很可怪诧了。本来各民族的神话，不乏相似的二三故事；例如中国神话说"天地混沌如鸡子，盘古生其中；天地开辟，阳清为天，阴浊为地"，而印度神话也说，最初，此世界惟有水，水生金蛋，蛋又成柏拉甲柏底，乃创造诸神，神又造万物；芬兰神话也有很优美的天地和万物肇自鸡子的故事。希腊神话谓大神宙斯命普罗米修士抟土为人，纽锡兰神话则谓神铁吉取红土

---

* 本篇最初发表于一九二八年八月十日《小说月报》第十九卷第八号，署名沈玄英。

渗和了自己的血而抟为人，中国谓女娲氏抟黄土为人。北欧神话说，冰巨人伊密尔既死，神奥定等乃将伊密尔的肉造成土地，血造成海，骨骼造成山，齿造成崖石，毛发造成树木花草和一切菜蔬；正与中国所谓"盘古氏既死，头为四岳，目为日月，脂膏为江海，毛发为草木"，隐然相合；而北美的易洛魁族（Iroquois）也说巨人旭卡尼普克的四肢骨血造成了宇宙万物。《旧约·创世记》的洪水故事，可视为希伯来神话之一部，但是我们在希腊神话，在古巴比伦的史诗《吉尔茹麦西》①（Gilgamesh，纪元前二千年的写本）内，都看见了相似的洪水故事。关于蛙的来源，希腊神话有一段美丽的故事，以为这些居住在浅水泥潭的像人样的小东西，是古代的虐待女神赖多（Leto, or Letona）的农夫的后裔，然而我们又在澳洲黑人的嘴里听得了几乎完全一样的故事。②纽锡兰神话说有英雄毛乌（Maui）以网捕得太阳，毒打之后，太阳一足

---

① 《吉尔茹麦西》，通译《吉尔伽美什》，古美索不达米亚神话性史诗。
② 希腊神话谓宙斯与女神赖多恋爱，为妻朱诺所知，逐赖多出天国，并不许任何陆地容纳赖多，海神普西东乃从水中涌出一岛以居赖多，于此生一子一女，即阿博洛与岱雅那，赖多与其子女漂流地上，渴欲得饮，见一水潭，将往取饮，而在旁数农夫忽跃入潭水，搅翻潭底的泥，使水混浊，不堪作饮，赖多乞神降罚此数农夫，神因使变为蛙，永久住在浑水的浅潭中。澳洲土人的蛙的神话与此同似，谓昔有一妇人携二子出觅水泉为二子洗浴，见一井，但农夫止之，谓井水将饮彼等之牛。妇人乃去，得狼引导，至一小河边，为二孩浴讫，复回至前井边，则前数农夫正取井水自浴；于是妇人咒诅，化此数农夫为蛙，并以石掷击之，逐至河畔。由是蛙永久居于河畔水浅处。

成废，以故纽锡兰人得有较长的白昼；北美的土人也有同样的故事，惟毛乌变了恰卡勃西（Tcha-ka-be-tch）。喜马拉雅的卡西阿族（Khasias）以为月亮面的黑影是调戏岳母的女婿的负罪的记号，而北美的伊士企摩人（Eskimos）则把女婿变为了哥哥，而岳母成了妹子。①……像此类的相似的故事，在各民族神话中，简直是极多，如果你有工夫去类辑，至少可以成一本书。但是我们说起希腊神话与北欧神话尽多相同的时候，却不仅是指二三故事之偶而暗合，我们简直可以从各方面找出它们相同之点，几乎可以说这两大系神话在全体结构上是同型的，我们几乎要说"同"是它们的"当然"，而"异"反是它们的"偶然"了。

相同的缘故，自来有各种说数。从比较言语学出发的比较神话学派，以为南欧和北欧的民族，有一个共同的祖先，大概在北印度高原；从这中心点，发生了条顿，拉丁，希腊，斯拉夫，克勒特（Celt）②，以及东方的印度与波斯等民族；他们从老家到了各人的新家，不但带去同根的语言，并且也带去同根的最初文学（神

---

① 喜马拉雅的神话谓月亮本为活人之婿，因调戏岳母（他们以为调戏岳母是最大的罪），被岳母以灰撒其面；婿逃天上为月，仍有灰在其面，是故月面有黑。伊士企摩神话谓日月原为活人，日为妹而月为兄，在黑暗中兄奸其妹，妹因取泥涂其面，以便有光时辨识为谁何，及妹知黑暗中戏彼者为其兄时，羞怒而逃至天上，是为日；其兄亦上天追逐之，是为月，面上涂灰尚在，故月面有黑。

② 克勒特，通译凯尔特。

话）与宗教信仰，所以古代的居住于现在挪威地方的斯堪底那维亚人（即北人），虽然和大陆上的条顿系的兄弟们已经语言不同有一千多年之久，但是两面都保存着相同的神话。这一说，也称为"阿利安（Aryan）种子说"。在比较南欧神话与北欧神话时，这"阿利安种子说"原像是很言之成理的；南欧民族与北欧民族的语言，显然是同根，并且说他们在上古时代有交通，也像是可信的。但不幸比较神话学派把自己吹得太大了些，以至结果反爆破了他们的学说了。因为各民族神话之多相似，原不仅希腊神话与北欧神话为然；如上文所举例，世界的民族，不论现在已进于文明或尚在野蛮时代，几乎都有相似的几则故事在他们的神话里；比较神话学者既不能说一切地上民族皆属于阿利安系，则此等"非阿利安系"的神话的颇多相似，便不能不另觅一个解释了。

新的解释，始倡于格林（Grimm），至安德烈·兰（Andrew Lang）成了坚固的理论。世称为"心理派"。此派从近代人类学上得了启示，用现代野蛮民族的心理状况，来说明古代神话内的不合理（表示蛮性的）质素[①]。现代的文明民族，也是由古代的野蛮民族进化来的，在他们的神话时代，并不能比现代的野蛮民

---

① 不合理质素是指神话内粗野的蛮性的部分。例如宙斯为希腊至高无上的神，言其正直聪明，乃理所当然，但又言宙斯常常不公平，好色，又怕老婆，便是不合理了。

族高明些，心理派研究现代野蛮民族的风俗，拜物宗教，思想状况，以及他们的"图腾"，知道他们几乎是无例外的迷信魔术，以为人能受诅而死或病，以为人能因术而变为禽兽、草木、日月、星辰；知道他们以万物与人类等量齐观，举凡自然界的有生物与无生物，都视为与活人一样有感觉、思想、情绪，且能受魔术的损害；知道他们迷信死后的世界，以为灵魂能离躯壳而独存；又知道他们有强烈的好奇心然而又极轻信，他们对于宇宙间万象都以好奇心发问其原因，但当得了第一个粗浅的解释时又便满足了。这些野蛮民族的心理状况活动的结果，成为野蛮民族的神话；而以此等野蛮民族的心理状况去解释古代神话的不合理质素，又无不可通（A.Lang, *Myth Ritual and Religion*, chap.3, 4）。

是故依心理派之说，则各民族神话之所以多相似，完全因为神话时代的人们的心理状况原来是相同的，而所以又有相异，则因为依同一心理状况而创造的神话，当然是随地取材，各依其俗。印度有旱魃的神话而巴比伦与埃及有水怪的神话，正因此故。①麦根西说："人类经验不能到处一律，而他们所见的地形与气候，

---

① 印度神话谓旱魃以肥田之水深藏山谷，以致世界亢旱，地上生物大半枯死；后雷神音陀罗杀旱魃，放出被藏之水，农民乃得播种。巴比伦神话谓水怪第亚麦跑入幼发拉底河，使水泛滥，后为墨洛达西所杀，水复归河中，农人方可下种。埃及神话谓尊神莱杀水怪，收回尼罗河内泛滥的水，使人们能从事耕稼。

也不能到处一律。有些民族，早进于农业文化时代，于是他们的神话就呈现了农业社会的色彩。……但是同时的山居而以游牧为生的民族，却因经验不同，故而有了极不同的神话。"（Mackenzie's *Myths of Crete and pre-Hellenic Europe,* Introduction, p.23, 24）

心理学派之说，可以解释一切民族的神话之所以交互地同中有异而异中又复有同的原因。然若执此说以比较希腊神话与北欧神话之相异与相同，那就更加觉得明显。南欧的神话时代与北欧的神话时代，差不多是在同一文化的水平线上的，所以两者的根源观念，例如宇宙观、神系、冥界等等，大体相同（无怪比较神话学者说是同出一源）；然而南北欧的地形气候又是相差如此之远，所以同中之异又很显然是合于麦根西的论断的。

在此短文中，详细的比较是不容许的，只能拣数要端来说一个大概，或者也能使读者对于南北欧的神话有一个粗简的轮廓罢。

二　天地开辟及神之始源

北欧人和希腊人一样，以为未有天地之前是混沌一团。可是，在希腊人说来是大混乱的一团，地，水，气，都浑在一处，全无分别，地不坚凝，水不流动，气不透明，是无形、无明、无色的漆黑混沌的一团（见于 Ovid[①] 的诗）；在北欧人说来却是很分明的一边是从那无穷泉赫凡尔格尔密尔（Hevergelmir）流来的无尽的冰山，又一边是火焰巨人苏尔体尔（Surtr）之家的墨司潘耳司赫姆（Muspells-heim），而中间是深黑无底又无涯际的大谷（见于 *Eddas* 与 *Sagas*）。所以希腊人设想天地未开辟前是无可名状的混沌一团，而北欧人的设想却是冰与火两种势力的混沌世界。在这里，便见了这两大系神话的同中有异了。我们只要想起南北欧的自然环境是多么不同，想起北欧的严肃粗厉的风景，那半夜的耀眼的极光，常常冲击到海岸边的巨大的冰山，以及古代的火山的喷爆，便知道北欧人把冰与火视为宇宙最初的原质是当然的。因为冰雪是北欧人最初的大敌，所以他们想象南方之火的象征的苏尔体尔是有一口发光辉的大刀，常给北方来的冰山以致命的刺击。

在混沌一团的背后，有一个不可得见——或许是本无形相的"天帝"，照料着一切；而且从混沌中间，产生了第一代的神们：这是希腊神话与北欧神话相同的。和神同时生的，有那代表"恶"的巨人族，在希腊神话里是替丹（Titans），在北欧神话内就是冰

[①] Ovid，奥维德，古罗马诗人。

巨人伊密尔（Ymir）及其后裔。①伊密尔当然是北欧冰天的人格化，而替丹也可以说是象征地壳下层的火；他们和神同是自然力之人格化。他们都曾与神争霸，发生可怕的战争，但终于为神所制服；② 所不同者，希腊神话说神宙斯平定了替丹族的扰乱后，乃起用善良的替丹族的普罗米修士，命其抟土为人（一说亦造万物)，而北欧神话,则谓神奥定（Odin）杀伊密尔后以其尸造为天地，而奥定自己则用木片造成了人。

正和希腊人以为神和替丹原是同族一样，北欧人也说冰巨人伊密尔和神蒲利（Buri）同是冰山内生出来的。③ 前者又谓曾为

---

① 希腊神话谓神乌兰那（Uranus）——义为"天"，生子女十二，恐其篡己之位，逐闭于北荒之塔塔罗司地下谷，名为替丹，是为巨人族，常与神争权，扰乱世界，北欧神话谓天地未有前深黑无底的大谷（后来即于此安放了地）中有冰雪的巨山，由此产生冰巨人伊密尔，时冰山中又产生一极大的母牛，给伊密尔以牛乳，伊密尔睡时生一子一女（自腋下出），又自脚上产生一子，子又即生孙，即巨人勃吉尔米尔（Bergelmir），是为寒霜巨人之祖先，同时冰山中又产生第一代神蒲里。

② 乌兰那禁闭其最初之六子六女于塔塔罗司后，续又将新生的七个孩子送去禁闭，最幼子克罗诺司后来与其兄辈反抗，逐去乌兰那而为世界之子，与其诸兄均为神。克罗诺司恐其子亦篡其位，因吞食所生之子，惟宙斯（最后一子）因其母用计得不被食，养于山中,长后即逐父而代其位。克罗诺司因联合诸替丹争权,大战后卒为宙斯所败，仍禁闭于塔塔罗司。北欧神话谓冰巨人及其后代见神蒲里及其子蒲耳（Borr）即与战，神初不能胜，及后蒲耳以女冰巨人勃司忒拉（Bestla）为妻,生子奥定（精神）、费利（意志），凡（神圣），乃战胜冰巨人，杀伊密尔；凡冰巨人之族皆为伊密尔之血潮所淹死，仅勃吉尔米尔驾舟逃去，至北荒传种，不敢再与神争世界。于是冰巨人绝种，仅有霜巨人，不再为神及后来之人类的绝对的大患。

③ 参看注①。惟有须补充者，供给伊密尔以乳之巨母牛，亦以冰山为食料，食山过半，冰中出现神蒲里。

世界主宰的神克罗诺司（Cronus）本是一个替丹，而后来永久为世界主宰的神宙斯则为克罗诺司的儿子；又说，当克罗诺司的宝座被儿子所夺后，他又仍为替丹而联合其余的替丹与宙斯战。所以在希腊神话内，巨人替丹族差不多就是失败的神们的代名词。北欧神话就不然；除了蒲里与伊密尔同出于冰这一点血统关系外，以后他们就是永远的敌人，各自产生他们的后代，永远成为两族。

就神们的系统而言，希腊的要比北欧的复杂得多。比较神话论者曾经把那些本无意义的希腊神名，在梵文中找求其相似者，因而"复活了那些久失意义的希腊的神名"，以为 Chaos（天地未开辟前唯一之神）义为"混沌"，其子 Erebus 则义为"黑暗"，Erebus 逐父妻母而生二子，Aether 义为"光"，而 Hemera 义为"昼"。此种解释，使希腊神话蒙上了粗浅宇宙论的象征主义的外衣，果然是很美丽高明了，但是创造这些神话的原始希腊人怕未必是如此设想的。较复杂的希腊民族的生活，是复杂的希腊神系的背景，正与生活简单的北人只有简单的神系一样。可是当他们说到永久主宰这世界的神们时，希腊人和北人的观念又到了相同的一点。他们都以为这广大的宇宙不像是一个人所能统治的，他们都把宇宙区分为陆（包括天上）、海、冥三界，由三位尊神分治。在希腊神话中，宙斯治陆与天上，普西东（Poseidon）治海，而蒲鲁土（Pluto）治冥界及放逐的替丹族所居的大谷塔塔罗司（Tartarus）；在北欧神话中，我们也看见奥定，费利（Vili），凡（Ve）分治着同样的陆、海、冥三界。① 希腊人把奥林帕斯山（Olympus）作为神的永久的宫室；北欧神话也说神们聚族而居于阿司加尔特（Asgard）。

三　宇宙观

北欧人的宇宙观，也和希腊人的相同，以为此世界乃陆地居中，而瀛海四面环之。但是北海的凶恶的风涛，又使得北欧人想象那海底下该有一条大蛇所谓密特茄尔特（Midgard）蛇；也像海水绕地一般，这大蛇蟠绕大地，自啮其尾；而海中的风浪就是这苦闷的密特茄尔特掀弄起来的。希腊人则常见晴明可爱的海，自然不需要那样吃自己尾巴的怪物，却把环绕大地的大海奥息亚诺司

---

① 希腊神话谓宙斯既胜其父，迫其吐出前所吞食之诸兄，其中有普西东与蒲鲁土，宙斯以海冥二界归二人治理。奥定，费利，凡为兄弟，惟海神另有伊吉耳，死之神另有赫尔。

(Oceanus)①的河神说成是很可亲的好人儿了。

希腊人又以为在他们所居地的北方有些更幸福的人类住着,名为赫泼保利亚人(Hyperboreans)②。这些人们过得非常快乐,没有病、老、死的痛苦;这里是终岁在春天(我们不要忘记,希腊人本以为他们自己那里也是春天常在的,后来宙斯把春缩短了,不让希腊人太快活),神们也时常下来和这些赫泼保利亚的有福的人类游玩。可是这福地非世人所能到的;从水路或陆路,都不能达到这"世外桃源"。在南方,也是旁着大河奥息亚诺司的,希腊人以为也有一个幸福的民族名为爱西屋皮亚人(Ethiopians)③,也和赫泼保利亚人同样地受神所优待。更远些,也在那奇怪的大河的边岸,有一群福岛,自有日月星辰,而尖厉的北风也永远不能吹到这些岛上;正直有道德的人们,为神所喜者,就可以不经过死而直接引到福岛,享受无穷的福佑。

北欧人却没有这种样的极乐世界的美丽的憧憬。他们的生活很艰苦,他们是无休止的和风、雪、冰搏战而后仅能生存;因此他们宇宙观也是严肃的现实的。他们觉得自己住的地方,

---

① 奥息亚诺司,通译俄刻阿诺斯,大洋之神。
② 赫泼保利亚人,又译极北人。
③ 爱西屋皮亚人,通译埃塞俄比亚人。

究竟还有短促的夏天，是有福的；他们想象北方有一处终年被层冰云雾笼罩的地方，简直非活人所能住的；这地方，就是不尽的冰泉赫夫格尔米尔所从出，名为尼夫尔赫姆（Nifl-eheim）；他们以为恶神和伊密尔的后代霜巨人，才被神们放逐到那边。

希腊人又以为自己住的地方，是天下之正中，而奥林帕斯山实为正中之正中。北欧人没有这种观念。他们说神奥定全族所住的地方，很远很远，大概在环海的彼岸，并且是唯一四时皆春的所在。现实刻苦的北欧人是多想着自己，少幻想着自己以外或和自己没有多大关系的事物的。

四　自然界的现象

北欧人和希腊人一样，也以为大地是先被创造，然后穹形的天覆盖在上面。① 他们又同以为太阳和月亮每天驾着光辉的车子

---

① 北欧神话谓奥定等三人将冰巨人伊密尔的头颅骨造为天，覆盖在大地上，并使四侏儒立于地之四角，以为天柱，故天不下坠。希腊仅谓天地开辟后，天自然而然地覆盖地面。

巡行天空。① 可是希腊人以为太阳神是男子的希力奥斯（Helios）②，在北欧却成了女性的叔尔（Sol）。而美丽的月亮，在北欧神话反是男子曼尼（Mani）。这或者正如文字学派所说，因为北欧文法上很奇特地把太阳属于女性而月亮属于男性，故而神话上的太阳和月亮亦成了奇怪的颠倒的现象。又在希腊神话内，太阳和月亮不但是神之血统，③并且成了神话中的重要人物；北欧的太阳和月亮却没有这么多的幸福。④ 这自然是因为希腊民族不但常常领享了太阳的熙和，亦能体认清凉的明月的美丽，所以能够发挥他们的奇瑰的想象，而在北欧看来，太阳和月亮不过等于神的臣仆而已。

对于云，北欧的原始文学家也有壮丽的想象，以为这些驰逐

---

① 希腊神话谓日月神驾车巡行天空，日神之金车，驾以四红马；每晨将出，晨曦女神奥洛剌（Aarora）大开日神东宫之门。月神之车驾以乳白色之马。北欧神话谓神既创造天地，要给大地以光亮，乃从南方末司配尔司赫姆（火之家）取火星装饰天上，是为星，其最大之火星则用造为日与月，皆置于美丽的金车中。载日之车，驾以二马，一名 Arvakr（义为"早醒者"），一名 Alsvin（义为"迅行者"），神又恐日球之热力伤及二马，乃在它们的肩骨布以大皮，中实空气，又制盾名 Svdlin（义为"冷却"），置于车前，以障避日光直射马身以及地面。载月球之车，仅用一马名 Alsvider（义为"常快"）驾之，别无障隔之物，因月球不很热，可以毋须也。叔尔与曼尼分驭此二车，是为日月神。
② 希力奥斯乃阿博洛为日神时之名。
③ 神宙斯与神赖多生一子一女，男名阿博洛，是为日神，女名岱雅那，是为月神。
④ 北欧神话谓日神叔尔与月神曼尼乃巨人蒙迪尔发利（Mundilfari）之子女，受神拔擢为日月车之御者。

于天空的白块乃是战之女神们凡尔凯尔（Valkyrs）所乘的白马，他们和他们的美丽的处女骑着，正要到下界的战场上接引那些勇敢就死的战士到神奥定那里去受福赐。① 希腊人也把云看作灰白的披毛朋友，可是永远没有担任北欧人所想象的那样伟大使命；南欧的云，不过是阿博洛的一群白羊，为飞都萨（Phaethusa）和兰帕的亚（Lamptia）所牧养，并且曾因被饥饿的攸力栖兹（Ulysses, Odyssus）的英雄同伴们杀了几只，神降了灾罚到那群回航的战士们身上。②

北欧人又以为露是战之女神们的坐骑的白鬣毛中落下来的东西，以为这也是神之福佑，能使收获较好。但在希腊，露也失了它的功利主义的性质，而成为美丽的达夫妮（Daphne）的恋爱的悲剧，③ 或是普洛克利司（Procris）被她的亲爱的丈夫所误杀的

---

① 北欧神话谓凡尔凯尔乃奥定之女侍者，或为他的女儿，或为地上国王之女，为神选拔者。此等女神皆处女身，一俟出嫁即卸除其职务；大都年青貌美，有纷光耀眼的白臂与金黄色头发。她们戴金或银的盔，大红紧身的上衣，有枪及盾。

② 希腊军攻克托洛（Troy）后，攸力栖兹率其战士归国，中途遇风，至日神阿博洛养羊之岛特立纳克利亚（Trinacria），攸力栖兹的同伴误杀岛上日神之羊，阿博洛降罚，使诸人皆死，独攸力栖兹以未食神圣的羊肉得免。飞都萨与兰帕的亚为阿博洛与人间女子所生之女，为神牧羊。托洛，通译特洛伊。

③ 达夫妮为河神柏泥亚斯（Peneus）的美丽的女儿，为阿博洛所爱，思与之语；他先是轻轻地走上前去，但达夫妮惊逸，阿博洛急追之，及河边，阿博洛已抚达夫妮在怀，但是，没有了美丽的女神，只有一枝桂树。此故事象征日光追逐露珠，但近前时则日之热力已融化了露珠为乌有。

故事了。①

地，在南北欧神话，都视为女性。是地上生物（特别是草木禾稼果蔬）的慈惠的母亲。仅因气候不同之故，北欧人所见的"地母"是林达（Rinda）那样的严肃冷酷的女子；② 我们若想起北欧人民必须于艰苦地战胜自然之后方乃仅得生存，便觉得他们把"地母"看成不很慈惠是当然的。反之，希腊民族眼中的"地母"自然应该是慈祥温和的栖里兹（Ceres）③了。

---

① 普洛克利司的故事亦为日光晒干了露珠的象征。女神普洛克利司为月神岱雅那的一个女侍，与猎者塞法拉斯（Cephalus）相爱甚欢。但是晨曦女神奥洛剌所妒，因奥洛剌亦爱塞法拉斯而未得回报也。夏日中午，塞法拉斯不复行猎，在林中午睡，临睡时必呼凉风来；奥洛剌因诡对普洛克利司言其夫日间另有所爱，幽会于林中。普洛克利司因自往觇之，果闻其大呼曰："可爱的，快来！"以为奥洛剌之言属实，呻而倒于小树丛中。塞法拉斯闻之，误以为一兽伏匿该处，抽镖枪掷之，正中爱妻之胸。然普洛克利司悉塞法拉斯并无他爱，则含笑而死。塞法拉斯的镖枪又是太阳的光线的象征。

② 北欧神话谓林达是罗塞纳司国王别林的女儿；罗忒纳司国有外患，奥定依预言所指，变形为将军往为国王靖难，而请林达为妻，林达不肯。奥定第二次变形为银匠，献最佳之饰物，仍不能得林达之欢心。第三次变形为美勇之战士，林达仍不肯。奥定乃以符语使林达病，而第四次变形为老妇人往医其病。先谓须将林达之脚洗一次，而林达仍不愈，乃谓当与林达共闭一室内徐徐治之。于是乃得林达为妻，生一子。依此故事，林达为北方冻地的象征，骤不能受日光之过暖的拥抱而生长草木禾稼。参看本文第十五节。

③ 栖里兹为神克罗诺司与里亚（Rhea）所生之女，为"地母"，为稼穑之女神。希腊神话谓栖里兹失其女时，海神普西东爱上了她，追随弗肯去；栖里兹厌之，变形为牝马，思逸去，然普西东立即变为牡马，因而得栖里兹为情人，此不名誉之结合，使栖里兹生亚里翁（Arion），一有翼能言之马，后驾海神之车。参看本文第八节栖里兹失其女的故事。

希腊民族又以为冷风是从北方的冰天吹来的；北欧民族则更加以说明，以为这些刺人的冷风是大鹰赫拉司凡尔格儿（Hraesvelgr）的翼子扇成的。

北欧神话中的黑侏儒，从冰巨人伊密尔死后的肉中生出来的，就差不多等于希腊神话中冥王蒲鲁土的仆人；他们都是住在地下，不许到地面来的。并且他们都是在地下搜觅珍贵的宝石和金属；并且他们都能制造精巧的饰物，像发尔坎（Valcan）① 送给神们的，或是奇怪的无人能敌的兵器。② 至于那些白侏儒，称为伊尔夫司（Elves）的，在北欧神话中也担任了一部分的工作；他们通常是照顾花草的生长，自由地飞来飞去；③ 宛然就等于希腊神话里的最动人爱怜的水泉女神，称为"新妇"或宁福司（Nymphs）④ 的。

---

① 发尔坎为宙斯与朱诺所生之子，貌丑，善制造，曾精制饰物献朱诺，思得其欢心；然朱诺仍不甚喜之。
② 发尔坎为宙斯制无敌的雷锤，而黑侏儒亦为叨尔制无敌之大锤。
③ 伊尔夫司居于阿尔夫赫姆（Alf-heim），位在天地之间，他们常在月夜水泉花草间跳舞游戏。
④ 宁福司乃总名，分述之，则水泉的女神为 Naiades，山的女神为 Preades，谷的女神为 Napaeae，蔬果女神为 Dryades，树木女神为 Hamadryad；这些都是希腊的一些较小的神。

五　宙斯和奥定

宙斯和奥定一样，是众神之父及主，是胜利之神，并且是宇宙之人格化。奥定坐在海列特兹克亚尔夫（Hlidskialf）这宝座上，能够瞩见全世界的事，正和高踞奥林帕斯山巅的神宫内的宙斯一样。奥定的不可见形的利矛，又与宙斯的雷锤一般，是所向无敌的利器，巨人或神，都会死在这两种兵器之下。

北欧的神们常是喝羊乳吃狼肉，正和北欧的活人一样；①但是希腊的神们只喜欢喝甜酒和芳香的脂膏，那又和一个舒服的希腊人差不多同其嗜好了。

十二个亚息尔（Aesir——北欧神的总称，差不多就是那些神们的族名；历史派的神话学者因此附会，说有一个民族名亚息尔者始来北欧，建立了北欧那些国家），坐在奥定的宫里，常常会议，研究着治理世界和人类的最好的方法；而在希腊的奥林帕斯的多云的山顶，据说也有十二位神在那里留心着同样的事。

供给北欧神们以神圣的乳酪的山羊赫特洛姆（Heidrun），差

---

① 北欧神话谓神羊赫特洛姆（Heidrun）供给全神族以甜乳；羊所食者为生命之树的叶子。

不多就等于宙斯的乳母。① 扰乱考洛尼司（Coronis）的美丽的恋爱生活的多嘴的雪白的鸦，② 也叫我们联想到那饶舌的拉塔托司克（Ratatosk）③。而宙斯的鹰也等于常在奥定左右的大鸦（Raven）和狼。④ 希腊民族又以为从前有一时，人们更要快活些；所谓"黄金时代"，实在是一个狂欢的无忧虑无生活恐慌的太好的梦。⑤ 北欧民族也说有过一个"幸福的时代"，那时候，和平与真诚，充满在地上，罪恶这怪物，尚未出世。

六　人的创造

希腊人利用手边很多的材料——黄泥，捏成他们的第一个造像；所以他们很自然地有了伯罗米修士为人的故事。在北欧呢，

---

① 宙斯生后，里亚既以计愚其夫而得保存，复恐其夫知之，乃将宙斯寄养于伊达（Ide）山之一洞内，山羊阿麦尔忒亚（Amalthea）担任乳母的职务。
② 考洛尼司为日神阿博洛之第一情人，然考洛尼司同时又别有所私，为阿博洛之白羽鸦（希腊人以为鸦本白羽）所见，急告其主，阿博洛怒，取箭射杀考洛尼司；然旋即自悔，因迁怒及饶舌之鸦，罚其居住于冥土，并变白羽为黑。
③ 拉塔托司克为生命之树上的松鼠，常多嘴挑拨树上之神鹰与树下之毒龙，思造成二者之斗争。
④ 希腊人以为宙斯常随一鹰，此为威权与勇力之象征，北欧神话谓奥定肩头各立一大鸦，一名 Hugin（义为思想），一为 Munin（义为记忆）；又在奥定足边，常伏二狼，一说为猎犬，是为彼所特爱之兽。
⑤ 希腊神话谓世界最初不分四季，常时和暖如春，人性熙和，相安无事，百果自生，不劳而获，河水甘芳如乳，是为黄金时代。

大木材供给了雕刻神像的最好原料，所以他们说是奥定用木片造成了人。

在北欧神话里，说造成了人乃是奥定、费利、凡三位尊神的通力合作；奥定给新造成的一男一女以灵魂，费利给他们动作和感觉，凡给他们血和好看的面孔（也有些古诗人说是奥定、海尼尔、洛陀尔三神）。于是能说，能想，能恋爱，能希望，能工作，有生又有死的一对人儿造成了，在奥定们所造的大地上开始生活传种了。在希腊神话，也说伯罗米修士既把黄土捏成了和他自己一样的小东西后，伊罗（Eros）① 把生活的精神吹进那小东西的鼻孔，密涅发（Minerva）② 给它以灵魂，然后人乃完成。伯罗米修士又偷给了天上独有的神圣的火，于是人乃过着最幸福的生活了。伯罗米修士因此受宙斯的重罚，做了为人类谋幸福的第一个牺牲者。

北欧以为奥定同时创造了一男一女，为人类始祖，并且奥定很爱他的创作品，常常给以福佑。但是希腊人以为宙斯并不能如此大量。他因为人们有了火，很幸福，因而极为妒恨；他特创造了第一个女子判多拉（Pandora），遭到地上，和一个封口的瓶，

---

① 伊罗，通译埃罗斯，爱神。
② 密涅发，通译弥涅尔瓦，罗马神话中的智慧女神，即希腊神话中的雅典娜。

算是她的嫁妆；并且由这美丽天真的判多拉揭开了这瓶，放出宙斯所收藏的一切恶的精神，破坏了人类的幸福生涯。〔判多拉的故事，另有最普通一说，即宙斯嫁她与普罗米修士的兄弟厄匹米修士（Epimetheus），而瓶为小盒。〕

七　命运之神和诺儿痕司（Norns）[①]

北欧和希腊，都有命运之神；他们的命令，便是宙斯和奥定，也不能违背。而尤其巧合的希腊的运命之神是三姊妹，正和她们的北欧的同类一样。

希腊的命运神[②]都坐在冥王普鲁士座右。三姊妹中间最小的一个名克洛叔（Clotho），司织生命之线，在这线里，光明和黑暗的丝是交错着的。第二个，拉希息司（Lachesis）搓扭生命之线，而在她的手指下搓成的生命线，有时强些，有时弱些。还有一个，阿忒鲁帕司（Atropos）拿一把大剪，很忍心地剪断那些生命之线；这就是说，一个活人的灵魂不久又要到冥土来了。

北欧的命运神，所谓诺儿痕司的，却不像希腊的同类似的专

[①] 诺儿痕司，又译诺恩氏。
[②] 希腊的命运神称为摩尔赖（Moirae）。

管人间的事；她们是更多地留心着神们的运命。据说她们是巨人诺尔尾（Norvi）的女儿，在幸福时代过去了，罪恶偷走进了天上的阿司茄尔特（神们的家）以后，这三姊妹就出现在伊格特莱息尔（Yggdrasill）大槐树下，① 住在乌尔达尔（Urdar）泉的旁边，这三姊妹，叫乌尔特（Urd），浮尔腾第（Verdandi），斯古尔特（Skuld），是过去、现在、未来的人格化。神们常到她们那里听受关于过去的教训，现在的如何努力，和将来的隐忧。她们的职务是织造运命之网，从乌尔达尔泉中汲水灌溉那生命之树伊格特拉息尔。或说她们也兼管挂在生命之树上的金苹果（这是返老还童的青春的苹果），只许神们摘取它们。

她们又饲养一对白鹅，有时她们披上鹅毛，到人间游戏，给人们以防备未来的灾祸的好警告。

希腊的运命神，显然是同一面目；北欧的却有三个性格。乌尔特是衰老的，常常回顾，恋恋于过去的人和事。泛儿腾第这二姊，是年轻，活泼，勇敢，直视前面；司考尔特，最小的妹子，却是常常遮着面纱，看的方向正与乌尔特相反。

---

① 此神圣的树亦奥定所创造，为生命之树，布满于全宇宙，它的最高枝直达奥定之宫。树下有毒龙尼特霍格（Nidhug）常啃树根，根断树死时，即为全宇宙之毁灭与神之灭亡。

八　四季的神话

原始人以为"春"是神之恩赐,"冬"是神之责罚;他们对于四时循环也有神话来作解释。他们大都是说明何以"春"暂时离开人间而"冬"来统治这世界。希腊人的美丽的想象,在这里,便造成了普洛色宾纳(Prosepine)的故事;以为这是冥王蒲鲁士把美丽的春之女神普洛色宾纳抢去闭藏在地下的冥国里了,所以地面上没有了融和的春气,山川失却了艳丽,虫鸟亦不再奏乐,而慈爱的地母栖里兹(就是普洛色宾纳的母亲)也忧愁地躲着,无心再履行她的职务,因此禾稼焦槁,百草都凋落了。北欧也有同样的,虽然较为不美丽些的故事。他们说奥定因为他的金像被毁,①恼怒到离开了神宫,浪游去了;跟着他去的,是一切他所给与世界的福佑。佛利格(Frigg),奥定的妻,自然很悲伤。但是奥定的兄弟费利和凡,却乘这机会冒充了奥定,占有他的宝座和他的妻了。但是他们虽然很像奥定

---

① 奥定之妻佛利格私偷奥定所有一金像之金,以铸一颈练。后奥定发见偷金之事,严查何人所为,佛利格甚惧,乃密毁金像,盖恐奥定以魔术使金像自言何人偷金也。

的状貌，可没有他的神通，世界上仍是荒荒凉凉的不能回复原状。最坏的是冰巨人们（或是约丹）竟侵入到地上来了，大地被他们的冷气冻僵了。这些冰巨人把草木的叶子都打掉，把雪盖在地面，把云雾充满空中。直到七个月之后，浪游的奥定回到他的故居，方才把僭窃者赶走，将冰巨人逐回北荒，给大地以依旧的阳光和生气。

在希腊的普洛色宾纳的故事里，又说到栖里兹虽然终于知道了她的女儿的去向，并且由麦邱立（Mercury）从冥王蒲鲁土的宫里带了春之女神出来，但是栖里兹立刻知道她的女儿曾在冥王处吃了六颗石榴子，这使得春之女神每年须有六个月要住在蒲鲁土宫里，在这时间，栖里兹还是要躲在家里哀悼她的失去的女儿，任凭地上草木的叶都黄落，她非得普洛色宾纳再出来时，是不肯履行她的职务了。

北欧神话恋爱女神佛利夏（Freya）失恋的故事，也是说明春之去而复来的。在这里，这位金黑头发明蓝眼睛的女神是当作"大地"看的，而她的恋人或丈夫奥度尔（Odur）便是春季的太阳的象征。

九　佛利茄与朱诺（Juno）

在佛利茄和朱诺（宙斯之妻）这两位女神身上，南北欧的神话，又有了很显著的相似。这两位都是大气之人格化，都是婚姻的主司者，都是母爱的代表，并且都是管理天空的云气的。朱诺只要用手一指，就可命令一朵云飞到她所指定的地点；佛利茄，依北欧神话，则是纺织云气的女神，又在两边的神话里，都把她们说是美丽尊贵的女人，酷爱妆饰品。并且佛利茄的侍臣盖娜（Gna）也像朱诺的爱立斯（Iris）一样，能够极迅速地执行他们的女主人们的命令。① 我们在希腊神话里看见许多故事都是说朱诺如何以智巧胜了她的全能的丈夫。同样的故事，在北欧神话里也不是没有的。朱诺使她的丈夫不得不舍弃可爱的爱奥（Io），②佛利茄也

---

① 格娜为佛利茄女侍者，坐骑名 Hofvarpnir，能驰行于水火空陆。格娜常为佛利茄出外办事，乃清风之象征，爱立斯相当于格娜，惟系象征虹。

② 爱奥为河神印那卡斯（Inachus）之女，为宙斯所爱，防为朱诺所觉，宙斯必乘朱诺睡后与爱奥幽会于河畔，并以一片黑云为障蔽。一日，宙斯正照例与爱奥幽会，朱诺在奥林帕斯宫中忽然觉醒，见下界河边之一片黑云可疑，即以手拨去之，宙斯仓猝无处可藏其情人，乃将爱奥化为牝犊。朱诺带牝犊去，使阿尔古司看守，勿使逃逸。阿尔古司有千眼，睡时只闭其半，故爱奥所变之牝犊，无法脱逃。后因麦邱立设计，对阿尔古司说故事，伺其沉闷将睡时，急取刀斩之，救爱奥还之宙斯。然朱诺已知其事，放无数牛蝇刺爱奥。痛甚狂奔，爱奥终入于海，避至埃及，始由宙斯复以术使还为女身；在埃及生子，是为埃及第一代皇，门菲斯（Memphis）之建立者。

很巧妙地使温亥勒兹（Winilers）得了胜利。① 奥定因为他的金像被毁而怒及佛利茄，也和宙斯的屡次被朱诺妒忌他的浪漫的恋爱而不高兴有些相像；在这里，两位大神被说成怕老婆的敢怒而不敢言的常人了。

希腊人说朱诺原是宙斯的妹子，而北欧神话也有一说谓奥定和佛利茄本为兄妹；这一点相似无非因为血族结婚在原始人中间原是极平常的事。

十　音乐和文艺的神话

北欧神话的奥定到哈梅林（Hamelin）为吹笛者的故事，②

---

① 温亥勒兹族与文达尔族（Vandals）战；文达尔族祈奥定之佑护，温亥勒兹族则祈佛利茄。奥定谓翌日晨醒时第一为他所见之族即得胜利。盖奥定卧榻正对文达尔族，翌晨必先见之也。佛利茄因于夜间潜移奥定之榻使向温亥勒兹族，并令温亥勒兹族次晨以妇女出战，咸披长发于颊际胸前。次晨，奥定开眼，即见此古怪之战士，不禁呼曰："何来此 Lanogbarden（长髯）耶？"佛利茄闻声，即谓奥定已赐此族以新名，应为胜者。于是温亥勒兹族胜，并用新名，即后来之龙巴第国（Lombardy）。龙巴第国，即今意大利之伦巴第。

② 据中世纪传说，哈梅林地方患鼠，重酬募能除鼠者。奥定化为吹笛者往，在市中吹笛巡行一过，人家之鼠闻声皆尾随奥定而行、奥定至河边，鼠即自投河中。然哈梅林人靳不与酬，吹笛者第二次在各街吹笛，则闻声而出尾随其后者乃全市人家之小孩，哈梅林人不能止，奥定率小孩入一山洞而没。

和希腊人的奥尔菲司（Orpheus）故事①或是恩菲洪（Amphion）故事②相像；这些神们的音乐都能引动一切生物的。并且正像阿博洛在希腊是文艺之神，奥定在北欧也有主宰文艺的光荣。奥定和巨人伐尔叔鲁特尼尔（Valthrudnir）赛智的故事，③也令人想起阿博洛和牧羊人玛儿息亚司（Marsyas）比赛音乐④或者是密涅发与阿拉克尼（Arachne）比赛技巧⑤的故事。

希腊神话说麦邱立发明了字母赐给人类。北欧人却把这光荣也归之于奥定。哈梅林的吹笛者故事里的奥定带了死人的灵魂走，

---

① 奥尔菲司为阿博洛与女神卡来奥皮（Calliope，文艺女神九人之一）所生之子，有音乐诗歌天才。曾往冥土要求复活其已死之爱妻，在冥王宫前为三头之狞犬栖勃鲁斯（参看本文第十七节最末一段）所阻；奥尔菲司乃弹七弦琴，音调之美，使栖勃鲁斯帖伏，竟放他进了冥宫。

② 恩菲洪亦为希腊神话中之大音乐家，实为宙斯与Antiope所生之子。希腊神话谓彼为底比斯（Thebes）国王，弹琴使石起行，自行累叠，以成都城。希腊神话又谓托洛城建筑时，阿博洛亦曾有同样的奇迹。Antiope，通译安提佩珀。

③ 伐夫叔罗特尼耳是巨人中最智者。奥定变形往与赛智。巨人发问，奥定一一回答无讹；奥定发问时，巨人亦能答。惟最后，奥定问巨人，波尔特临死时，天父附耳密语者为何言？巨人始知对面之人即天父奥定，大惊而自杀。北欧神话中未明言奥定对将死之波尔特究作何语，或以为当是"复活"一语。

④ 玛儿息亚司得女神密涅发所弃之笛，因成绝技，自谓其音乐才胜于阿博洛。阿博洛乃往与比赛，文艺女神九人为评判员。第一赛后，文艺女神谓两人都佳；请复赛。第二赛后，胜利终属于阿博洛，而玛儿息亚司丧其生命。

⑤ 希腊神话谓宙斯一日头痛，众神皆束手，医神阿博洛亦无术疗之，发尔坎因以斧辟开宙斯之头，则跳出一女神，即密涅发，是为针织之神。阿拉克尼为希腊女子之善针织者，技巧为世人所惊。阿拉克尼自谓能胜密涅发。于是此女神乃与赛织，结果，阿拉克尼败，化为蜘蛛。

是象征风，又和那在希腊神话中常被视作风的麦邱立有一个对照。

十一　叨尔（Thor）和希腊诸神

在北欧神话中扮演重要角色的叨尔，有许多处是和希腊的神们相像，他所用的兵器，大锤米奥尔尼儿，是雷霆的象征，和宙斯的雷锤是同样的威力无上，给扰乱世界的巨人们以致命的创伤。他的生长之快，极像希腊神话的麦邱立；这位希腊的大神出世第二日就偷了阿博洛的牛，但叨尔出世不过数小时就会撕碎几层牛皮（一说是抛掷十大捆的熊皮为戏）。说到他们的体力的伟大又有几分像是希腊的赫剌克利（Heracles）。①

叨尔的妻，喜芙（Sif）又是象征"地"的，她的多而且美的金黄色头发，便比喻地之富饶的农艺品。洛克（Loki）偷了这些美丽的头发的故事，② 是北欧人对于春之忽去的又一解释，和普洛色宾纳被掠的故事亦有几分相像。叨尔和赫郎格尼尔（Hrungnir）的决斗，③正

---

① 赫剌克利为宙斯与阿尔克米尼（Alcmene，一个地上的国王之女）所生之子，为有名之大力士，后成神。——赫剌克利通译赫拉克勒斯。
② 洛克为北欧一神，代表恶与狡猾，为火神。
③ 赫郎格尼尔乃一巨人，叨尔至巨人住所与决斗，杀之，然自己亦受伤。是一场恶斗。

和赫剌克利战胜揆卡斯（Cacus）差不多。① 叨尔的儿子玛格尼（Magni）出世三小时后就能举起赫龙格尼尔的腿，也使我们想起在摇篮里的赫剌克利的神勇来。而叨尔的食量之大，也和希腊神话所说麦邱立第一顿就吃了两个全牛成了很好的对照。

在北欧，太阳是人类的救主，所以那专以攻击冰巨人为事的叨尔，成为他们最惠爱的神；在这里，叨尔又是太阳神，和希腊的阿博洛相等。

十二　星月和猎神

北欧的夏之海神的女儿司喀第（Skadi）是女猎神，所以和希腊的岱雅那（Diana）相当。在希腊，美丽的岱雅那固然又是月神，但当视为猎神的阿提密斯（Artemis）时，和北欧的司喀第几乎同是一个人了；她们都带了弓箭，她们的箭都是百发百中的；她们都带有一头犬。

台亚司西（Thiassi）的眼睛变成了星的故事，使我们联想到希腊神话里许多星的故事。特别是在朱诺妒忌爱奥的活剧中担任

---

① 赫揆卡斯亦巨人，偷赫剌克利的牲口，赫亦至巨人之洞，与斗而胜之。

侦探的阿尔古司（Argus）的眼睛，据有些神话学者的解释，就是希腊的月明之夜的繁星的象征。这里，美丽的河神之女爱奥又成了月亮的化身；因为阿尔古司灼灼的眼睛凝视着爱奥，仿佛就是满天的闪闪的星眼窥伺着月亮的神情。

阿尔古司的好眼睛，在北欧神话里还有一个好同伴，那就是神宫阿息茄特的守望者赫姆达尔（Heimdall）[1]。他站着沟通天地的虹桥上，据说能够看见地上小草的生长，羊背上一根毛的颤动，并且和阿尔古司一样日夜不用睡眠的。他还有一个报警的角，吹的时候，空、地、冥三界都能听到；据说这角又是新月的象征，所以有时是挂在天空，有时被收藏起来，沉在密密尔神井里。

十三　佛利（Frey）和阿博洛

佛利也是北欧的一位要神，他的象征是太阳的金色光线和暖和的夏季的急雨；所以他也被视为夏季的。在北欧人看来，夏季是他们最有福的一季，当然这代表夏季的佛利也是最好的一位神了。他和希腊民族最喜欢的代表太阳的阿博洛，有许多相似点。

---

[1] 北欧神话谓奥定一日在海边见波浪女神九人，尽取以为妻，九女共生一子，即亨达尔。

北欧人把他们所喜欢的神大都说成女性，但佛利却是男子，是爱神弗利耶的兄弟。他是年青，美丽，勇敢，正和阿博洛一样；他的坐骑金毛野猪（那是象征夏季的日光的），或是载着他巡行天空的金车子，都相当于阿博洛的有名的金车子。

希腊神话说阿博洛的马配茄苏司能够涉水入火，同样的，佛利在他的金毛野猪而外，也有这么一匹古怪的牲口，名为勃洛特格霍非。

佛利也不是没有恋爱的喜剧的，并且也像阿博洛，很费了些手脚然后恋爱成功。我们记得那象征朝露的女神达夫妮如何被阿博洛的热情（那是象征太阳的热烈的光线）所追逐而化去了的故事，我们又看见北欧的炎炎的夏日（佛利），也曾经被他所爱的女子所畏避。[1] 佛利的忠实的求婚使者把宝贵的金苹果（神们所吃的延年的苹果）和戒指献给美丽的葛尔达（Gerda），不能得到她的爱的回报；可怕的宝刀也不能使她屈伏；直到发咒将来她会永无快乐，美丽的吉尔达方才首肯了，然而还有九日的延宕。在这里，吉尔达成了冰冻的大地的化身（也有说她是北地极光的化身），在冷酷

---

[1] 佛利看见北方冰天雪地中有一美女子，乃巨人吉密尔（Gymir）之女吉尔达，因遣使者求婚，初被峻拒，后使者发咒，谓吉尔达若不嫁佛利，将嫁一可憎之霜巨人，终生不得快欢，吉尔达乃许肯。

地拒绝了夏日的拥抱后，终于融化，而接收了夏日的富饶的赐予。

吉尔达在希腊神话中也有相似者；她像那难以动情的捷足女郎阿塔兰塔（Atalanta）①，但也同样地终于被爱上，做了快乐的妻。

十四　弗利耶和维那②

在爱与美的女神身上，我们又看见了南北欧神话的惊人的相似。南欧的维那（Venus）和北欧的弗利耶，同是海的女儿，同是司爱的女神，并且同是喜欢赠与美花和鲜果。希腊神话说维那被强迫着嫁给不可爱的发尔坎，觉醒了她的处女的春梦；北欧神话也说神们曾经想把弗利耶嫁给霜巨人的首领叔列姆（Thrym），③ 仅因美神的坚决反对而作罢。

维那的车子，驾以鸽子，弗利耶的车子却用猫；鸽子是象征最温柔的爱，猫却是象征肉感的爱。弗利耶常常装扮成凡尔凯尔（战之女神）的模样，到地上参加人类的战斗，并且带了被杀的勇士

---

① 阿塔兰塔为阿卡底亚王之女，以善走著名。
② 维那，即维纳斯。
③ 北欧神话谓叨尔的大锤（神宫的镇宫之宝）被霜巨人的首领索列姆所窃，索列姆谓惟有以美神弗利耶嫁彼，方能还锤。神们因思以弗利耶为媾和的工具。

们到她宫里飨宴；维那也把战神马兹（Mars）作为她的第一个情人（在她从发尔坎处逃走以后），又秘密恋爱勇士样的托洛（Troy）王子安开栖兹（Anchises）。

弗利耶和希腊的密涅发一样，喜欢戴盔和胸甲；这也显示着北方好战民族是把战与爱看得很密切的。

维那有很多的恋人，弗利耶却只有一个丈夫奥杜尔；① 这是南北欧的爱神所不同的地方。可是在弗利耶和奥杜尔的关系中，我们又看见很有些和维那与阿多尼斯（Adonis）的爱史② 相似的地方。虽然做了美神的丈夫，野性的奥杜尔还是喜欢到山野里浪游，正像维那虽然是热烈的爱了阿多尼斯，可是这猎者还以为打猎更快乐。弗利耶失去了奥杜尔以后，流了无数的眼泪，落在陆地的都变为金子，落在海里的变成琥珀；同样的，维那悲伤她的已死的阿多尼斯，她的眼泪也化成了秋牡丹。后来，奥杜尔果然回来，使得美丽的弗利耶重见笑容（大地又到了融和生长的春季），而冥王蒲鲁土也放还了阿多尼斯的灵魂，大自然同情于维那的快乐而欢笑（春之象征），虽然蒲鲁土许给阿多尼斯回到维那怀抱的时间

---

① 北欧神话亦有谓弗利耶的情人甚多，几乎天上诸神皆与她有恋爱关系；在把她当作"大地"的象征时，北欧神话说她做过奥定的妻、佛利的妻。

② 阿多尼斯为猎人，据说是维那的第三任丈夫，后因打猎为野兽反噬而死。

是每年六个月。春的故事，在这里也有了象征；原始人自然很容易而且当然地把许多恋爱神话来解释他们对于春的去而复来的好奇心。①

十五　林达和丹内伊（Danae）

奥定对于林达的求爱，使我们联想到宙斯的私通丹内伊；②在这希腊故事里，丹内伊又是"大地"的象征。当这好色的大神从奥林帕斯到丹内伊所住的铜塔上时，他是化为黄金的雨点去的，这金雨又是日光的象征。同样的在北欧神话中，奥定最后一次得林达的恋爱是先将林达的脚洗一下；这洗脚是冬末春初的阵雨的象征，那冷酷的大地（林达）惟有在受温热的阵雨的洗浴后，方能接受太阳的拥抱，成就了丰饶的发育。

宙斯和丹内伊所生的百尔修（Perseus），又有许多点和奥定与林达所生的伐利（Vali）相像。百尔修比起伐利的一天内就长成，自然要算是发育得慢了，但是他一经成人，便是个出色的战士，杀了逼奸他的母亲的栖里福司国王，正像伐列报了波尔特（Balder）

---

① 参看本文第八节。
② 丹内伊为阿尔古斯王阿克力息亚（Acrisius）之独女，因预言谓阿克力息亚将来为其孙所杀，故阿克力息亚禁闭其女于铜塔，以破预言。宙斯悦丹内伊，与在铜塔内通奸，生子百尔修，后果应预言。

的仇一样。

十六　发尔坎和浮龙特

在希腊的冶神发尔坎，相当于北欧的浮龙特（Volund）；虽然浮龙特不及发尔坎那样是神种，并且视为奥林帕斯的一位神，① 可是他的技巧，亦不下于发尔坎。两个都是会制造精奇的饰物和魔法的兵器；宙斯的雷锤，发尔坎曾经帮着铸造，浮龙特的魔法的大刀（那亦是没有兵器可与敌对的），在北欧的"Sagas"里也很有名。

发尔坎曾经制造了一个奇怪的宝座，报复他的母亲朱诺对于他的薄待，② 并且反倒因此又被升入奥林帕斯神宫；浮龙特亦会运用他的智巧，报复了瑞典王尼杜特（Nidud）加以他的虐待，并且脱了他的羁囚。③ 浮龙特的报复，或者是太野蛮了些，但是

---

① 浮龙特为地上铁匠，本三兄弟，得战之女神凡尔凯尔三人为妻，后俱逃去。发尔坎为宙斯与朱诺所生之子。

② 希腊神话谓发尔坎因救母而触怒其父，被掷出天宫，跛其一足；然朱诺不爱此子如故。发尔坎怨母，因制一美丽之宝座，中有魔法之机关，坐其上者即不复能起。朱诺不知，就被禁于上，后神们召发尔坎解其禁，并为母子言和，许发尔坎复入天宫。

③ 浮龙特因寻觅其逃走之妻，为尼杜特所囚，命铸造各种饰物及兵器。浮龙特后私铸大翼，又计杀尼杜特的子女，披翼逃去。

说他把尼杜特的儿子的头颅制成了酒杯，把眼睛和齿制成了美丽的珠宝，献给死者的父母姊妹玩赏，却也表见了北欧民族的奇特的幻想。

发尔坎的丑陋和跛足，是著名的，他永久得不到恋爱，他终久不能得到宙斯强硬地配给他的爱神维那的恋爱。但是浮龙特似乎也不是怎样好看可爱的人，所以他的妻（一个战之女神）终究背他逃走了。虽然北欧古代的诗人又说他终于找到了她。

十七　海和冥土的神话

希腊人以为海上风暴是普西东发怒的结果，北欧人亦然，以为险恶的波浪是缠绕大地的怪蛇忿怒的挣扎，或是那脾气不好的爱吉尔（Aegir）差遣他的孩子们——波浪的神，出来恶作剧。①伊吉耳果然就是希腊的普西东的对比，他们都戴着海藻的冕，都住在珊瑚礁的洞里（普西东住在优卑亚岛——Island of Euboea 左近的珊瑚礁，伊吉耳住在喀德加特——Cattegat 左近的珊瑚礁）；便是伊吉耳的孩子们的波浪之神，也相当于希腊的泥里易

---

① 　北欧神话有大洋之神（Niod）与近海水神（Mimir），此伊吉耳又为一海神，据言亦第一代之神，与火神洛克为兄弟。伊吉耳有九女，为波浪之神。——作者原注

德女神们（Nereides）和奥栖安尼德女神们（Oceanides）。①在他的珊瑚礁的宫里，伊吉耳有那些女人鱼（Mer maids），半神的人身鱼尾男女水怪②伺候着，正像希腊的普西东的"宁福司"了。

来因（Rhine），易北（Elbe），涅卡（Neckar），这些河神，都是伊吉耳的臣僚，正和希腊的亚勒腓（Alpheus），拍泥亚斯（peneus）③做了普西东的下属一样。

北海里太多的船只遇险，使得那些北人设想有一位贪婪无厌的澜（Ran）伸开她的大网，要把所有碰在网上的东西都拖到她的水底的宫殿。兰又显然是希腊的海女神安菲特赖提（Amphitrite）的对照。④北欧的罗莱吕（Lorelei）又和希腊的赛棱（Sirens）相当；这两种的恶意的女神，都能歌唱迷人的

---

① 泥里易德及奥栖安尼德皆为海中小女神，乃海神普西东之侍者，普西东出巡，二者必随行。
② 人鱼有男有女。北欧传说，谓女人鱼至岸边卸其鹅毛衣或鱼皮衣时，人若得之，即可强迫女人鱼久居陆上为得者之妻。半神性的水怪，大都人身鱼尾，男者称为Stromkarls，Nixies，Neckar等名，女者称为Undines。此等水怪，通常皆为可爱者，女的尤为美丽可爱，北欧传说谓中世纪时，此等水怪常参加村人跳舞会。——作者原注。
③ 两者都是同名的河的神。
④ 兰是伊吉耳的妻，安菲特赖提是普西东的情人或外妇，本为一个宁福司。安菲特赖提生数子，其中即有半人半鱼之Triton为普西东侍者。

歌曲，引诱航海者自向死地。①

对于幽冥世界的观念，南北欧神话也有极显著的相似。北人设想，在极北有一个终年弥漫云雾不见日光的地方，名为尼夫尔赫姆（Niflheim），就是冥王的治界；在希腊的相当者，便是嘿达斯（Hades），希腊人想象冥王蒲鲁土是一个狞恶的男子，北欧人却以为是一位女子，就是那恶神洛克的女儿赫尔（Hel），奉了奥定的命令专管冥界的九个世界的。

冥王或冥后，主管的是死者；但是正像蒲鲁土要兼管负罪的替丹族一样，赫尔也要兼管霜巨人（冰巨人伊密尔的后代）和那可怕的想吞食日月的恶狼芬列司（Fenris）。

尼非赫姆和嘿达斯都说成是在辽远的北方的地下的，然而又都有一条死之河作为冥土的边界；在希腊的，就是那有名的急水的阿刻纶（Acheroh），在北欧的叫做吉乌尔河（Gioll），骷髅似的老妇人摩特古特（Mödgud）守在这乔耳河的金桥上，非要得一些血做通行费，决不肯让每一个新死的鬼走入冥界；急水的阿刻纶河边既没有桥，所以有一个老年舟子哈隆（Charon）撑一只

---

① 罗莱吕据说为莱茵河神之女，貌美善歌，每于夜间坐礁石上，见舟来即唱迷人之歌，使舟子忘其所事，触礁碎舟。赛棱与罗莱吕相当，据希腊神话，乃住于 Circe 岛相近之礁石上。赛棱通译塞壬，Circe，喀耳刻。

破烂的渡船，渡过那些新来的鬼魂，他也要一个小钱做渡费，正和摩特古特是一样的贪黩。

看守赫尔的宫门的恶狗加尔姆（Garm）[①]也相当于希腊的守望地狱门的三头怪兽栖勃鲁斯（Cerberus），据说也是一条狗。

十八 洪水的故事及其他

零碎的小相似，在希腊与北欧的神话中，几乎到处皆是。这两大民族的神们中间，都流行着血族结婚的制度，宙斯和奥定都是正直而又昏淫，威权无上而又不免为活人所窘。希力奥斯可说是希腊正式的太阳神，但是又有其他许多神都曾暂时地被认为太阳；同样的情形亦见于北欧神话。阿息耳们既把叔尔作为太阳神，但是巴尔特尔（Balder）[②]又是太阳光的神，和夏神因为把太阳本体，太阳的光热，以及太阳的金车的驾驶者，分别认为各别的神，也是南北欧民族观念相同的一端。

[①] 据北欧神话，加尔姆的凶恶也只要用一个赫尔饼就可以贿通的；北欧死人大都先已预备了这种饼。
[②] 巴尔特尔为奥定与佛利茹所生的一对孪生子的一个，貌美，是为太阳光的神，或为"光明"之象征；其又一孪生子霍杜尔（Hodur）则完全不类，貌丑，目盲，是为黑暗之神。后巴尔特尔为霍杜尔所误杀。

希腊神话里有洪水的故事，说现在的人类已经是洪水后仅存的一夫（雕揆力温）一妇（匹剌）的后代（说是他们掷石化为人）。北欧的神话里没有显著的洪水的故事，但是孽火烧了陆、海、冥三界的故事，可以说就是北欧的洪水的故事；因为虽然是说火，不是水，然而以为人类曾经过一度毁灭，由其子遗再传出第二代来（即现在的人类），却是一个相同的根本观念。①

　　希腊之公平神，在北欧的相当者是福尔赛底（Forseti）；希腊人以为夜间的噩梦是索谟那斯（Somnus）那里逃出来的恶的梦神的恶作剧，北欧人以为是那女的黑侏儒的把戏；在奥林帕斯有献爵的女侍希俾（Hebe）②，可是北欧的凡尔凯尔也尽了同样的职务。

十九　结　论

　　这些，就是南北欧神话中可以比较的最显著的几点。我们可

---

① 北欧神话谓神曾经一度"魔劫"，其时地狱中的恶狼逃了出来，吞食了日和月，看守地狱门的狞狗加尔姆也起反抗，毒龙尼特霍格已啮断生命树之根，蟠绕地的大蛇猛激起最可怕的波浪，于是亨达尔（见本文第十二节末）乃吹报警之角。神与魔恶斗之后（在魔的一边是死神赫尔、恶神洛克、火焰巨人苏尔体尔、一切霜巨人、天狼、地狱狞狗等等），神皆死，苏尔体尔的魔火烧了天空陆地和幽冥九界。一切恶神也都烧死。地上也成了一片焦黑。后又经若干时，叔尔的女儿继母志驱日车行天，地上渐有生意，大火灾时仅存之一男一女 Lifthrasir 与 Lif 再传第二代人类。神亦由第二代来重整天宫。Lifthrasir，利夫思拉瑟，Lif，利夫。

② 希俾为朱诺的女儿，后嫁赫剌克利，即解除其在神宫之职务。

以看出来，在大的轮廓上，这两个民族的幻想几乎是一模一样的，希腊的各色各样的神，在北欧有相当者，并且甚至他们的性格和行动也有极显然的相似，如上文所举。这足够证明他们的神话时代的心理状况正复相同。而所有的一些相异的地方，又很明白地是受了地形气候的影响；至于生活经验不同所起的神话上的歧异，在希腊与北欧反倒不及其他民族那样较著了。